A VIDA É UMA SÉRIE
DE ACONTECIMENTOS
ESTRANHOS E MÁGICOS

CB072591

A VIDA É UMA SÉRIE DE ACONTECIMENTOS ESTRANHOS E MÁGICOS

Rodrigo Santos

oficina
raquel

@ Rodrigo Santos, 2025
@ Oficina Raquel, 2025

Editores
Raquel Menezes e Jorge Marques

Revisão
Oficina Raquel

Assistente editorial
Philippe Valentim

Capa, projeto gráfico e diagramação
Caró Lago

CIP-BRASIL. CATALOGAÇÃO NA PUBLICAÇÃO SINDICATO NACIONAL DOS EDITORES DE LIVROS, RJ

S238v

Santos, Rodrigo
A vida é uma série de acontecimentos estranhos e mágicos / Rodrigo Santos. 1- ed. - Rio de Janeiro : Oficinar, 2025.
21 cm.

ISBN 9788595001190

1. Contos brasileiros. I. Título.

25-96403   CDD: B869.3
             CDU: 82-34(81)

Meri Gleice Rodrigues de Souza - Bibliotecária - CRB-7/6439
18/02/2025 20/02/2025   112 páginas.

oficina
raquel
Mais que livros, diversidade.

R. Santa Sofia, 274
Sala 22 - Tijuca, Rio de Janeiro - RJ, 20540-090
www.oficinaraquel.com
oficina@oficinaraquel.com
facebook.com/Editora-Oficina-Raquel

SUMÁRIO

A caixa que veio de longe 9

O tempo é a minha casa 14

O pé de bode 24

Elis e Karen, 1981 28

O vício de Jane 35

O circo de cavalinhos 36

I kissed a ghoul and I liked it 42

As três pessoas que você salvaria 50

Qualquer coisa de intermédio 63

Merru 67

Eu não queria estar ali 75

Chevette 1976 79

Gabba gabba hey 81

Sopa de perdas 85

A noite do humano 94

Um triste fado 100

*Acreditar
na existência dourada do sol
mesmo que em plena boca
nos bata o açoite
contínuo da noite*

Aldir Blanc & João Bosco

A CAIXA QUE VEIO DE LONGE

Tá dando quanto tempo aí pra chegar o Uber, gato? SETE minutos? Ossada, hein? Mas também, é isso ou ir pro terminal de Niterói esperar o catacorno. A essa hora, a gente vai mofar naquela imundície. Claro, pede aí, vamos esperar. Passa rápido. Mas não fica dando mole no meio da calçada não, vem pra cá, vamos ficar mais recuado. Não, gato, aqui não, a gente tem que ficar ligado, tá perigoso. Você morou na Itália, né? Lembrei logo do meu avô quando você disse isso aquele dia. Italiano? Não, meu avô era de Areia Branca, no Rio Grande do Norte. Tá dando quanto aí? Sete minutos ainda? Então deixa eu te contar uma história pro tempo passar mais rápido. Meu avô foi pra guerra. Era do 6º Regimento de Infantaria, e participou de uma batalha em Montese, e da tomada de Monte Castelo. Isso, atuou com a FEB, lá na Itália. O pelotão dele fazia varredura de minas, dureza. Eu conheci meu avô já um velho rabugento, não falava muito da guerra. Eu já era adolescente, um dia ele me chamou no quarto dele e me mostrou uma caixa de madeira, mais ou menos do tamanho de uma caixa de sapatos, toda entalhada com desenhos estranhos. Ele me disse: "André, quando eu morrer, você pega essa caixa aqui e guarda com você. Eu não confio no seu pai pra isso", "Mas o que tem nessa caixa, vô?" – eu falei, e ele disse que era pra eu nunca abrir a caixa, só guardar. Eu ri, achei bobagem, era um tempo em que eu achava que as pessoas que eu amava nunca morreriam. Jovem, né? Imortalidade, falsa permanência da memória, essas coisas. "Você não morre tão cedo, vô", e a caixa voltou para o fundo do armário. "Senta aqui", ele disse, "vou te contar a história dessa caixa. Mas lem-

bra: você não pode abrir essa caixa nunca, tá bom? Promete?".
E contou. Em uma operação de varredura de minas nos arredores de Montese, chovia pra cachorro. Aí um dos soldados, muito amigo dele, deu mole e pisou em uma mina. Estava escuro, eles estavam cansados, enlameados, meu avô disse que o cara explodiu perto de onde ele estava, o sangue espirrou na calça verde-oliva e nas botas sujas. O barulho chamou atenção das tropas italianas, e pronto. Tome-lhe uma saraivada de fogo inimigo. Sem poder de fogo pra reagir, foi uma correria só, salve-se quem puder, cada um prum lado. Meu avô ainda levou um tiro de raspão no ombro, mas foi um dos que conseguiu escapar. Você consegue imaginar? Um soldado brasileiro, ferido, separado de todo o pelotão, vagando perdido pelos arredores de uma cidade desconhecida, sem falar quase nada de italiano? Foi isso. As casas fechadas, abandonadas. Ele ainda entrou em uma ou outra, mas não achou nada. Sob ataque iminente, a cidade teve tempo de ser evacuada e quem fugia levava tudo o que podia levar. O ferimento começava a incomodar, o sangue empapando a camisa, desespero, sede, e meu avô se sentou em um resto de praça pra descansar. Já pensava que seria melhor ser capturado pelos inimigos a morrer ali, à míngua. Foi quando apareceu uma mulher. Isso, uma mulher, do nada. Bom, ele contando eu acreditei em tudo, tinha sinceridade ali. Depois você questiona, né? Igual discurso de político, na hora faz o maior sentido, mais tarde fica "hmmmm..." Mas então, apareceu a tal mulher. Meu avô falou que a maior lembrança é que ela era branca, muito branca. Era tão branca que usava uma camisola branca e era mais branca que a camisola! E meu avô era bugre, né? Potiguar, pele curtida. E a mulher branca, cabelos pretos longos, "igual essas crentes da assembleia", ele dizia. Não gostava de crente, meu vô. E quem

gosta, né? Ai, para, tô brincando! E você nem é crente, senão não estava nem comigo aqui e nem a essa hora. Hmmm. Bobo. Para, deixa eu continuar! Quanto tempo falta? Dá tempo sim, mas você tem que parar de me interromper. Vô disse que a mulher não falou nada, apareceu no meio da rua, olhou diretamente pra ele e chamou com a mão. Claro, né? Ia fazer o quê? Levantou na hora e foi atrás da mulher branca. Disse que eles entraram num casebre, não casebre tipo barraco aqui do Rio de Janeiro, mas uma casa pobre, de alvenaria e fogão de lenha. De lenha, à lenha, você entendeu, para com essa mania de me corrigir. A mulher então deu água pra ele, e uma papa de farinha, que meu avô comeu com voracidade, igual ao bicho do poema do Manuel Bandeira. Não conhece esse? Depois eu declamo pra você, adoro esse poema, mas deixa eu acabar a história. Depois de ver meu avô comer, a mulher tratou do ferimento do ombro. Tirou a japona da farda, pesada, a camisa verde de baixo, e com uma bacia e um pano, limpou o ferimento. Ali, naquela proximidade, os corpos encostados, o calor... Bom, a mulher branca levou meu avô pra cama. Vixe, você imagina? Meu avô já era casado quando foi pra guerra, acho que nem meu pai sabia dessa história. Mas sou fechamento, né, gato? Não sou eu que vou entregar meu avô mais de 40 anos depois do acontecido. Ela colocou meu avô deitado na cama, e tirou a roupa que ainda lhe vestia: calça, bota, esses trapos. Abriu então um laço que estava na frente da camisola e ficou nua, na frente de meu avô. Porém, antes de se deitar, ela se agachou e pegou uma caixa que estava debaixo da cama. Isso, essa caixa mesmo. Meu avô se sentou, nu, os dois nus; ela estendeu a caixa pra ele com as duas mãos e começou a falar. Já te disse que meu avô não falava italiano, né? Pois sim. Ela falava, e falava, meu avô tentando pescar uma coisa ou outra, mas tava difícil. Ele pegou a caixa das mãos dela e fez menção de abrir. Foi aí que ela virou bicho. Avançou e tirou a caixa com violência de suas mãos, falando no, no, no mai – isso ele entendia – junto com palavras que ele reconheceu. Diavollo. Malaugurio. Sventura. Meu avô a acalmou, tirou a caixa de suas mãos e colocou na mesinha de cabeceira. E aí, né? Pimba. Foda-se a caixa. O Velho estava na Itália já tinha um tempo, podia morrer a qualquer momento. Fizeram amor até perto do amanhecer, e amanheceram exaustos. Hahaha, puxei nada. Para de bobagem. Falta muito ainda? Qual o carro, deixa eu ver. Voyage branco, final de placa 27, motorista Carlos. Olhaí, seu xará! Mas então. Meu avô e a mulher foderam até cansar e dormiram. Ah, para, qual o problema? Você sabe que fuder e foder são palavras diferentes, né? Fuder é coisa ruim, foder é coisa boa. Eu? Foder, com certeza. Tá, tá. Aí, eles dormiram. Agora que o bagulho fica doido. Meu avô acordou com a claridade do amanhecer, não tinha sol, o tempo ainda estava muito carregado. Quando olhou pro lado, viu a mulher. Morta. Não, e não é que tinha morrido dormindo não, estava podre, como se tivesse morrido há muito tempo. A camisola cobria o corpo inchado, os cabelos pretos se derramavam sobre a roupa de cama empoeirada e puída. Da boca que meu avô beijou, saíam aquelas minhoquinhas brancas gordas, cheias de gominhos, igual ao bonequinho da Michelin. Te juro! Bom, foi assim que ele contou. Ele disse que olhou em volta, e a casa estava acabada, móveis, tudo. Abandonada parecia ter muito tempo. A única coisa que prestava era justamente a caixinha de madeira, no mesmo lugar em que ele havia deixado. Sem acreditar naquilo, meu avô olhou mais uma vez para a mulher e vomitou. Colocou a roupa, pegou suas coisas e se preparou pra sair. Mas voltou e pegou a caixinha, que é essa caixinha que ele trouxe dentro de um saco de lona no navio de tropas quando voltou pro Brasil, e que agora está guardada lá em casa, no fundo do armário. Olha aí, Voyage branco, placa final 27. Chegou. Viu, não falei que passava rápido? Vambora. Boa noite, seu Carlos! Isso, Carlos também, mas é ele. Eu não. Vamos.

   O quê? A caixa? Nunca abri, gato. Cê é louco que eu vou mexer nisso.

O TEMPO É MINHA CASA

O carro de aplicativo deu seta e saiu da estrada Niterói-Manilha, se espremendo para dentro do bairro pobre. Via apertada, de mão dupla, ladeada por casas sem reboco, ônibus subindo e descendo naquela buraqueira. Cássio não chegou a ficar apreensivo, apenas achou pitoresco que Seu Bira tivesse marcado ali. Logo o Seu Bira.

Não demorou para que virassem em uma rua de terra, sem pavimentação, e o carro parasse em frente a um bar. Um boteco comum, de subúrbio. Chão de cimento queimado, balcão de vidro com guloseimas na prateleira de baixo e petiscos meio mumificados em cima, uma pequena imagem de São Jorge em uma quina no alto, iluminada por uma lâmpada vermelha. Mesa de sinuca com o pano gasto no meio do salão, com um gato preto e branco se espreguiçando embaixo.

Seu Bira estava sentado em uma mesa de ferro, no canto, e bebia uma cerveja. Ao ver Cássio entrar, ergueu o copo em convite. Vestia uma calça de linho cru, sandálias trançadas de couro e uma bata branca, de algodão e gola careca.

Cássio nunca tinha visto ninguém tão deslocado e tão pertencente a um cenário ao mesmo tempo. Não era grande, mas a imponência daquele homem negro, calvo e de cavanhaque grisalho não era algo que se pudesse ignorar.

— Levy, traga mais uma cerveja, por favor. E um copo, para meu amigo Cássio.

Apertaram-se as mãos com firmeza e olhos trancados antes de puxarem as cadeiras e se sentarem. O tal do Levy, um jovem branco e de rosto redondo, toalhinha no ombro, trouxe a cerveja dentro da proteção de plástico que supostamente a manteria resfriada, chamada comumente de camisinha, e um copo. Seu Bira sorriu em agradecimento.

— Interessante, este boteco.

Seu Bira bebeu metade do copo em goles pequenos, porém contínuos, passando as costas da mão sobre os lábios para tirar a espuma do bigode.

— Levy serve a segunda cerveja mais gostosa que eu já bebi. Mas não é por isso que marquei aqui, Cássio. Sua demanda era urgente, porém eu tenho um encontro inadiável hoje, neste bar.

— Acredito que um e-mail...

Seu Bira levantou a mão em protesto, o dedo mindinho levemente torto devido à artrose, e Cássio compreendeu. Bebeu um gole da cerveja.

— Boa mesmo. — Disse, para quebrar a sensação de ter sido admoestado. — Mas o senhor disse que foi a segunda melhor... Qual foi a primeira?

— Quase hora de meu encontro. Podemos ir direto aos finalmentes?

— Ah, sim, claro. Me desculpe, Seu Bira, a pergunta banal... O senhor consegue mesmo saber a hora sem ter relógio, ou mesmo olhar no celular?

Seu Bira sorriu.

— Tem um relógio de parede na prateleira de cima, ao lado das garrafas de Fogo Paulista. — Falou, sem desviar o olhar de Cássio, que se virou para confirmar, antes de sorrir sem graça.

— Cássio Monnerat, me diga novamente o porquê de sua demanda.

Cássio olhou para o gato laranja debaixo da mesa de sinuca.

— Seu Bira, eu sou um *self-made man*. Um empreendedor. Saí de Vassouras com 16 anos para buscar uma vida melhor no Rio de Janeiro. Não queria ser cobrador de van, caixa do supermercado ou recreador de hotel fazenda. Há uma universidade lá, mas nunca foi para meninos pretos e pobres como eu. Minha mãe, que Deus a tenha, lavava roupas para um hotel fazenda de burgueses da região, dia e noite, e mal conseguia sustentar seu único filho.

"Foi brincando com aquelas crianças ricas que eu percebi que existia uma outra configuração de mundo, um mundo onde a barriga não apertava, os pés não se espremiam em sapatos dados e os olhos podiam brilhar. Estudei muito, e peguei uma boa época da internet. Quando ganhei meu primeiro dinheiro como programador, tirei minha mãe da roça e trouxe para cá. Bom... pra cá não, pro Rio, né?"

Seu Bira encheu novamente os copos com a cerveja gelada. Cássio bebeu um gole, antes de continuar.

— O resto da história é banal. Como disse, peguei uma época boa, bons ventos. Comecei a programar aplicativos quando os primeiros smartphones surgiram, e bum! Hoje tenho a barriga estufada, os sapatos mais confortáveis que o dinheiro pode comprar.

— E o brilho nos olhos?

— Pode fumar aqui? — Cássio pegou um maço de cigarros do bolso da parca e acendeu, sem esperar resposta. — O brilho nos olhos não está completo.

Seu Bira abriu um sorriso.

— Eu preciso saber, Seu Bira. Não sei que tipo de investigador o senhor é, mas sempre que eu tocava no assunto, era o seu nome que me aparecia.

— Onde você tocava no assunto?

— Em qualquer lugar.

— Quem lhe dava meu nome?

Cássio pareceu confuso.

— Todo mundo. Várias pessoas...

— Pessoas pretas?

Cássio parou.

— É. Engraçado que agora, o senhor falando... Comentei com alguns terapeutas, com amigos. Mas agora percebo: quem me deu seu nome foram pais de santo ou adeptos de centros aonde fui.

— O que você me pediu é específico demais.

— Por isso recorri ao senhor. Eu preciso saber. Quem poderia confirmar isso para mim já morreu, e não há dinheiro suficiente para convencer a nenhum dos descendentes a fazer o exame de DNA. Como eu disse no telefone, preciso saber se sou descendente do dono da fazenda de escravizados, como minha mãe dizia.

— Por que você precisa disso? Você conseguiu, Cássio. E ainda carrega o nome.

— Mas não como sobrenome! Meu nome é Cássio Monnerat da Silva. Monnerat entrou como nome composto. Minha mãe mesmo não usava o nome amaldiçoado. Ela me contou que sua avó era da fazenda Monnerat, e tinha sido abusada pelo dono dos escravizados, dando à luz um menino, e só por isso tinha permanecido na fazenda. Eu preciso saber. Preciso.

Cássio acendeu outro cigarro. Levy trouxe outra cerveja. Seu Bira sorriu.

— Você não é Monnerat, Cássio. Sua bisavó, Maria de Lourdes, engravidou de um cantador que andava pelas fazendas da região, de nome Leonardo. Negro forro, ganhava a vida cantando, tocando viola e fazendo pequenos serviços para os brancos da região. Serviços sujos, que só um infiltrado poderia fazer.

"Em uma noite sem lua, Leonardo tocava uma moda de viola à luz da fogueira, próximo à senzala. Maria de Lourdes era uma escravizada familiar, tinha livre acesso na casa grande e dificilmente ia à senzala confraternizar com os escravizados do campo. Sabia ler e escrever, seu pai tinha sido um griot em África, então se achava superior, soberba mesmo naquela condição degradante.

Só que, naquela noite, Maria de Lourdes foi. Ao ver o negro Leonardo tocando seus lundus, se apaixonou. Em uma capoeira, não longe dali, conceberam naquela mesma noite o seu avô, Ribamar, antes de Leonardo ganhar o mundo e nunca mais voltar à fazenda Monnerat, assassinado em emboscada por negros a quem ele tinha delatado.

Porém, Maria de Lourdes nunca soube disso. Abandonada, entrou em tristeza profunda e, quando seu ventre começou a inchar, preferiu o silêncio. Nada fez para impedir os boatos, e pariu o menino ali mesmo, sob as bênçãos do Senhor Monnerat, que por ela tinha muito apreço pelo carinho com que a negra cuidava da Senhora Carolina, sua mãe.

Maria de Lourdes morreu sem confirmar ou negar a história, esperando ainda que Leonardo, seu único amor, um dia regressasse. O trágico é que Leonardo também a amou, e pretendia retornar e comprar sua alforria. Mas o destino do jovem cantador de lundus já havia sido escrito, com as tintas fornecidas pelo próprio.

Cássio, você não é um Monnerat. Seu sangue é de griots e cantadores de lundus."

Sem dizer palavra, Cássio acendeu outro cigarro. O gato preto agora olhava para ele. Quando finalmente conseguiu falar, sua voz saiu esganiçada.

— Como? Digo, essa história não estava escrita em lugar algum, eu seria tolo em questionar os seus métodos. — Seu Bira levantou a sobrancelha. — Só me responde uma coisa?

— Claro.

— Como você sabe que Leonardo morreu, se ele sumiu da região?

— Eu estive lá. Ou estou, os tempos verbais do português não abarcam o tempo real.

— Você... Esteve... Estava...?

— O dia está prestes a amanhecer quando Leonardo deixa Maria de Lourdes deitada sobre o capim seco, com um filho no ventre e promessas de futuro. O cantador sobe no cavalo e desce em direção à cidade. Pensa em realizar algumas cobranças, levantar fundos para que pudesse comprar a liberdade de Maria de Lourdes e levá-la consigo. Um facho se acende dentro do mato, e Leonardo para o cavalo para olhar. Da outra margem vem o laço que circunda sua cabeça e aperta em seu pescoço, lançando-o ao chão. Antes de morrer, os olhos já esbugalhados, vê o rosto de seus algozes. É chamado de traidor em seu próprio idioma, e expira. Seu corpo é retalhado e dado de comer aos porcos do quilombo. Tudo isso eu vejo. Vi.

Cássio olhou para o homem por alguns momentos, e se levantou.

— Seu Bira, agradeço o serviço. Nosso compromisso será honrado ainda hoje, porque sou um homem de palavra. Mas devo dizer que toda essa história é... absurda.

— Sente, Cássio.

— Eu não te disse o nome de minha bisavó, como o senhor sabia que ela... Bom, não importa. Deixa pra lá. — Tonto, Cássio abanava a mão à frente do rosto, como se espantasse moscas imaginárias.

— Temos tempo ainda antes de meu encontro. Deixe que eu te conte uma história enquanto bebemos a saideira.

Seu Bira tirou a garrafa de Malt 90 da camisinha de cerveja e apontou para Levy.

— Levy, pode me trazer uma irmã dessa, tão gelada quanto?

Cássio olhou para o rótulo da cerveja e se sentou.

— Eu não via essa cerveja desde...

O filhote de cachorro branco com manchas caramelo que estava debaixo da mesa de sinuca deu um latido fino e saiu correndo para a rua.

— Eu cresci neste bairro, Cássio. Um pouco ali para cima tem um campo de futebol, o campo do Camelo. Bom, é apenas um campo de terra, "sangue e areia", como chamamos. Não tinha essa de society, como é hoje. Apenas um campinho, com traves e crianças brincando.

"Eu passava minhas tardes, depois da escola, naquele campinho. Pique-pega, queimado, até mesmo futebol. Não era ainda o Seu Bira, apenas o menino Ubiracy, franzino e veloz. Tinha que me ver na hora da bandeirinha... Eu era o cão!"

Seu Bira sorriu, enquanto Levy trocava a garrafa.

— Acontece que esse campo era na beira de uma ribanceira. Já disse que eu era veloz, não disse? Veloz até demais. Numa dessas corridas, enquanto alguém contava o pique-esconde, eu pisei em uma touceira de mato achando que havia chão embaixo e rolei ribanceira abaixo. Ninguém viu, era pique-esconde, a função era mesmo não ser visto. Fui parar longe.

"Eu devo ter desmaiado, porque quando dei por mim, não sabia onde era aquilo. Logo eu, que conhecia todo o meu território como conhece a sua caixa de brinquedos um menino que tem caixa de brinquedos. Deitado ao pé de uma grande árvore, minha testa sangrava. Não era nenhuma árvore que eu conhecia. Escalava mangueiras, tamarindeiras, pés de jamelão, mas aquela árvore eu nunca tinha visto. O tronco era largo, as folhas também, arredondadas. Devo ter sentido medo, mas o fascínio foi maior.

Então a árvore falou comigo. Bom, eu ouvi uma voz, que vinha da árvore. Nem pensei em questionar. No meio do tronco, tinha uma abertura. Era apenas uma fenda, mas quando entrei parecia muito maior. Não dava pra ver nada, estava escuro, mas eu tinha a convicção absoluta de estar em um grande salão, como uma casa de festas, ou uma igreja.

A árvore falou. Era uma árvore, e também um velho. Não um velho como sou agora, um velho muito mais velho. Era também uma mulher. E um jovem, e árvore de novo. Ela me contou histórias de um tempo antes do tempo existir, e que tudo era tempo, ao mesmo tempo. Que todos os tempos existem simultaneamente, não como uma pista de corrida, mas em uma espiral em que as hélices se tocam.

Não foram essas as palavras, eu nem sei se eram palavras que a árvore usava, mas eu entendi tudo, e entendi assim."

Seu Bira olhou para o relógio na parede e sorriu.

— Não me diga que está na hora de seu encontro, Seu Bira. Você me fez ficar para ouvir esta história, e mesmo duvidando de cada palavra – peço até desculpas por isso – eu preciso ouvir o final.

— Não tem do que se desculpar, Cássio. Compreendo a sua incredulidade, eu mesmo não acredito quando estou lá. Mas temos tempo para chegar ao fim. Sempre temos tempo.

"A árvore me disse que tem poucos filhos, e que alguns desses filhos conseguem entender o tempo com o corpo, e estar nele. Estar nele realmente, sabe? Não é navegar, ou viajar, é estar. O tempo é casa. Então o Velho me disse que eu sou um desses filhos, e que estar no tempo me ajuda a ajudar — essa eu só entendi muito tempo depois.

Quando percebeu que minha fé vacilava, o Velho me disse seu nome. É um nome lindo, que nunca ouvirei antes. Me deu também as instruções exatas de onde eu teria que ir assim que saísse da árvore para ter certeza da verdade, e quem eu deverei encontrar.

"Opa, já é a hora. Olha ele aí."

Pela porta do bar, entrou um menino correndo. Negro, franzino, aparentava ter uns onze anos. Vestia um short de pano e uma camiseta rasgada, e estava todo sujo de terra. Sua testa tinha um machucado com sangue pisado. Os olhos arregalados, parecia confuso.

— Qual de vocês... Você...

Seu Bira se levantou e se ajoelhou para seu olhar ficar na altura do olhar da criança.

— Sim, Ubiracy. É verdade.

— Qual é o nome dele então?

Seu Bira sorriu, e quase encostando a boca no ouvido do garoto, com as mãos em concha, disse o nome.

O garoto sorriu, e saiu novamente correndo pela porta, o mesmo sorriso que ficou no rosto de Seu Bira.

— Levy, uma outra hora a gente acerta essas cervejas, tudo bem?

O homem branco, de rosto redondo e toalhinha no ombro atrás do balcão fez sinal de positivo.

Seu Bira então se virou para Cássio.

— Essa é a história. Vamos?

Cássio se levantou, meio atordoado. Quando chegaram na porta do bar, olhou na direção para onde o menino tinha corrido, e não viu nada, apenas a mesma rua de terra.

— Vamos, que a gente anda até a principal e pega o ônibus. Acho difícil conseguir um Uber aqui.

Os dois homens saíram do bar andando, sob o olhar do gato branco de manchas pretas que se lambia debaixo da mesa de sinuca.

— Mas... Então a árvore mandou o menino – que é você – se encontrar com você neste bar para confirmar a história?

— Que bar?

Cássio olhou para trás e o lugar era um depósito abandonado, com as portas de metal enferrujadas tocando o chão.

O PÉ DE BODE

Cidade pequena sem fofoca é só marasmo. Eu mesmo não sei como a história começou, mas foi igual àquelas coceiras que dão no tornozelo de criança que brinca no mato. Acredito que tenha sido depois que Dona Piquininha (irmã de Dona Grandinha) falou no mercado que acordou e viu quatro de suas galinhas estraçalhadas no quintal.

"Era pena pra tudo que é lado, Seu Juarez! Mas sabe o pior?" – e aí ela abaixou a voz, em tom confidencial – "Nenhuma delas tinha o coração".

Pronto, foi a cenoura do burrinho numa cidade onde ninguém tinha o que perseguir. Logo, logo, foram mais dois gansos, um leitão e até o vira-lata Cajuzinho, do cego Hermínio. Bom, o Cajuzinho sumiu, mas entrou na conta do mais novo e misterioso habitante de Nova Carobinha.

"O que eu sei", falou na praça o Cabo Celso, "é que em volta do meu celeiro achei umas pegadas muito estranhas..." – disse, e parou, mirando o horizonte e puxando a paia.

Cabo Celso tinha sido instrutor do Tiro de Guerra de São Belmiro, cidade vizinha, e posava de autoridade militar em Carobinha.

"Que tipo de pegada, homem! Fale logo!"

Esperou mais um pouco, ninguém piscava.

"Pegada de bode". E soltou a fumaça.

"Virgem Maria Santíssima!" – o povo se benzia, fazia sinal da cruz. Por sinal, no domingo, a homilia do Padre Santiago foi só isso: fim dos tempos, arrependei-vos, Jesus está voltando, não se esqueçam da rifa do novilho.

Eu ouvia tudo da porta da igreja, meu ponto de esmolas predileto. Esmolar em cidade pequena é difícil, povo tudo mão de vaca. Durante a semana eu comia aqui e ali, ninguém negava um prato de comida para um aleijado, e eu sabia me virar. Mas dinheiro que é bom, nada. Esses brancos não repartem nem o cabelo, se não for necessário.

Aí justamente o novilho que o Padre Santiago ganhara do Gonçalves Velho (e que era filho do Gonçalves Novo, que já tinha até morrido, vai entender?) pra rifar na igreja foi atacado. Estava lá o bicho, caído no terreno do lado da igreja. Não tinha sinal de tiro nem de faca, aqueles zoião aberto de jabuticaba olhando pro céu. E um rasgo no peito onde estava o coração.

A chuva tinha começado à tarde, na hora em que sai o último ônibus pra São Belmiro, e dado uma trégua à noite, como era de praxe, deixando tudo enlameado.

"Olha as pegadas do Cramunhão aqui!" – gritou Cabo Celso, do alto de sua autoridade. Danou-se. Agora era oficial: o Pé-de-Bode estava atacando os animais de Nova Carobinha (não, nunca existiu uma Velha Carobinha).

Naquele dia mesmo, cheio de nuvens que impediam o sol de amanhecer o dia direito, o povo se reuniu na praça para tomar solução. Quando eu cheguei, os homens estavam sendo divididos em patrulhas pelo Cabo Celso. Um grupo ia vasculhar os arredores de Itapitanga, comunidade que ficava mais ao norte da cidade; um outro ficaria encarregado da beira-rio, e os que sobraram tinham a responsabilidade de catar o Pé-de-Bode na área urbana mesmo – que nem era tão urbana assim.

Quando eu me ofereci pra ajudar, riram apenas os que não conseguiram se segurar.

"Tu num consegue nem andar direito, cabra! E se o bicho correr?"

"Ia ser engraçado, o Torto correndo atrás do cabrunco!"

O Torto, era assim que me chamavam. Já tinha melhorado, antigamente as crianças tacavam pedra e tudo. Mas depois que chegou a luz, a televisão, essas coisas, eu era visto mais como coitado. O tempo passa.

Em três dias, nada se achou. O Gonçalves Velho já reclamava que não podia ficar dando aguardente do alambique dele para as patrulhas, que ele não era nenhum Getúlio Vargas pra adotar pobre. Padre Santiago tinha aspergido água benta em cada canto da cidade, em cada pasto, cada animal de corte ou de leite, e estava exausto. Chegou a falar na missa que aquilo devia ser uma provação do Senhor.

"Ou alguma maldição enterrada pelos negros nas antigas senzalas, lá em Itapitanga", disse a Professora Joana, fina flor da sociedade neocarobina. Dizia-se descendente do Barão Soren (que virou Barão Soró porque o povo não ia muito com essa ideia de falar holandino), vejam só. E lá foi o povo perturbar as comunidades mais afastadas, as aldeias que reuniam os descendentes de escravizados. Essas comunidades só tinham em comum a pertencença regional, e algum comércio, quase ninguém da cidade ia lá. Acho que a gente nunca vai saber o que aconteceu de verdade naquele dia, mas três rapazes da patrulha voltaram muito machucados, e o Padre Santiago mandou o Gonçalves suspender a cachaça.

Bom... Como veio, foi. Algumas semanas depois, ninguém mais falava no Pé-de-Bode, agora usado só pra assustar as crianças que ficavam brincando de pique à noite, correndo até tarde nas ruas de Nova Carobinha.

Eu corro melhor sem os sapatos, claro. São eles que me fazem manquitolar e andar torto – ou aleijado. Mas entendi que não dava mais pra andar por aí deixando pegadas, esse povo é muito fofoqueiro.

Além do mais, agora eu quase não tenho mais que roubar bicho pra comer o coração fresco – tem que ser fresco, ainda fibrilando, senão a maldição não fica mansa, o que seria ainda um pouco pior pra Nova Carobinha. Manassés que o diga.

Agora eu tenho o Cajuzinho comigo, o cachorro do cego Hermínio. Taí um bicho bom de caça, cabrunco!

ELIS E KAREN, 1981

— Vambora, meu povo, vamos dar adeus a 1981!
Eu me escorava em um canto, esperando o White Horse falsificado se diluir um pouco no gelo e se tornar minimamente agradável, enquanto a socialite Dorinda de Assis Garcia borboleteava pelos convidados como uma fada — uma fada bêbada, é bem verdade — conjurando o ano bom que se iniciava, em sua cobertura em Copacabana.

Eu havia publicado algumas crônicas no *Jornal do Brasil*, sobre cultura em geral, inclusive música, o que me havia angariado o convite de Nelson Motta para aquela festa. "Precisamos de artistas, escritores, poetas! Essas festas são o auge da caretice carioca, precisamos de amor!", me dissera ao telefone que eu mal conseguia pagar, naquela quitinete da Rua da Conceição.

Foi assim que, do nada, o escritor de São Gonçalo debutava no grand monde, com glamour e sem dinheiro. A primeira barca de volta para Niterói saía às cinco e meia da manhã — era a minha meta final — enquanto eu tentava fazer contato com algum editor que se dispusesse a publicar meu romance de estreia, o "Mágoa".

"Parece um romance de alguém que não é romancista", havia me dito o Cléber Rocha, do jornal *O Fluminense*, o mais vendido nas terras de Araribóia, cidade que havia sido capital do Estado e que agora amargava uma segunda divisão política. Mesmo assim, era melhor do que ficar em São Gonçalo, minha urbe natal, sendo reduzida gradativamente de cidade industrial para cidade dormitório. Porém, nada disso importava naquele momento: ali eu tinha uísque (mesmo que de procedência duvidosa) e canapés. Meu último réveillon tinha sido na portaria do prédio, com coxinhas e *Brahma Chopp* quente, então eu estava no lucro.

Rostos conhecidos circulavam na multidão, como era de se esperar. Nelsinho passou e me apresentou ao José Augusto, grande compositor. "Tão grande quanto o Roberto, bicho!", dizia ele. "Este é o escritor de que te falei", complementava, apenas para trocarmos o olhar condescendente de quem está na pista há muito tempo.

Eu estava prestes a cumprimentar o craque Zico e sua esposa, a Sandra, quando Nelson me chamou num canto. O Flamengo havia acabado de ganhar o campeonato mundial, e eu, como bom rubro-negro (quase me chamei Mengálvio, vejam só) ansiava pelo momento de apertar a mão do Galo. Até porque estávamos entrando em ano de Copa, e não tínhamos tanta certeza de um caneco desde 1970! Mas Nelsinho tinha outros planos.

— Esse aqui é o escritor de que falei, Rodrigo Santos. De São Gonçalo.

A pequena notável então abriu o sorriso com os olhos, e exibiu os dentes pequenos. Eu já entrara em anos, não me deixava levar pelas modas musicais desde a decepção com a bossa nova, mas Elis era diferente. Transcendente, reluzente, picante.

Não lembro exatamente o que falei (aquele White Horse certamente era paraguaio), mas não acredito que tenha conseguido me comunicar com muita clareza. Elis vinha com o César, seu marido — grande pianista — e as crianças. João Marcelo era grande, onze anos já, parecia querer sair dali para brincar, mas tinha que olhar seus irmãos menores, o Pedro e a Maria, de 6 e 4 anos.

"Gostei muito da versão de 'Carinhoso' que você fez com o Delmiro", falei com o César, meio balbuciante, mas não acredito que ele tenha prestado muita atenção. João Marcelo tinha sumido, Elis segurava o Pedro pela mão, Maria chorava. Voltei para o copo vazio, e acendi um Continental sem filtro. A festa se completava em volume e espécie. Renée de Vielmond transitava e exibia o luxo de estar no ar com a novela "Brilhante". Todos esperavam por Tarcísio Meira, o protagonista, mas ele não apareceu. Lucinha Lins e Cláudio Tovar exibiam sorrisos solares, apagando a vaia do recente festival. Eu fiquei conversando com o César sobre jazz, MPB e escrituras. Lembro inclusive de conversamos sobre mitos gregos na literatura, e acredito até que tenhamos falado sobre Édipo e Jocasta, que anos depois seriam tema de novela e trilha sonora. Deviam ser já quase onze horas quando eles entraram. O Brasil ainda era uma colônia provinciana que se recusava a entrar nos anos 80, então não se surpreenda que gringos — ainda mais gringos famosos — nos deixassem extasiados. Ele, de cabelinho Príncipe Valente e smoking, branco como uma vela, destoava. Ela, uma beleza no olhar e no sorriso, mas um manequim vazio em seu vestido azul de franjas, despertava um misto de pena e amor de pai em todos nós, quase pedindo um abraço. Os Carpenters.

Nelsinho, onipresente, em poucos minutos nos unia.

— Essa é a Karen, e seu irmão Richard. Richard! — Esse já havia se esgueirado com um novo amigo, um moreno de Copacabana que eu apostava ser um desses arruaceiros que chamavam de Gracie.

Foi quando a pequena Maria correu e puxou o vestido de Karen, trazendo sua mãe a tiracolo.

— Olha, que criança linda! — vou poupar vocês de anglicismos, a tradução é gratuita na maior parte do tempo.
Maria apenas sorriu, envergonhada, e escondeu o rosto na barra do vestido da mãe. Usava uma presilha vermelha nos cabelos, combinando com seus óculos e sua bochecha rosada.

— Karen, esse é o César, grande pianista.
— Ah, olá!
— Vou deixar você aí, tenho que falar aqui com o pessoal.

Nelsinho então nos deixou a sós. Eu, um escritor provinciano e penetra, batendo um papo com Karen Carpenter e César Camargo Mariano. E Elis.

— Ah, você é a Elis Regina! — Disse Karen. — Ouvi falar de você. Lembro de ter visto um vídeo seu, cantando uma música chamada... Desculpa, meu português é péssimo. "Como nosso país", é isso mesmo?

Elis, que tirava uma colher de plástico da mão de Maria, entrou na conversa.

— Isso, isso mesmo. "Como nossos pais".
— Quando cantei com a Ella, também me falou muito bem do Brasil... Falou-me sobre você, sobre Elza Soares. Até brincou com a semelhança dos nomes, Ella e Elis.

E o papo engrenou. Elis estava em cartaz no Canecão com o show "Trem Azul", de seu último disco; Karen e o irmão haviam feito um show nas Casas Sendas, no mês anterior. Para o mundo, a turnê dos Carpenters tinha acabado em novembro, mas os irmãos (muito mais por insistência do Richard, devido a sua amizade com o Badu, dos Tincoãs) decidiram ficar para o réveillon de Copacabana — que não tinha ainda o grande espetáculo pirotécnico, mas já trazia suas multidões vestidas de branco para saudar Iemanjá, independente do credo, e alguns rojões.

Eu ainda tentei entrar no papo umas duas vezes — quando falavam de praias, não pude deixar de vender Itacoatiara, claro — mas a estupefação era maior. Pedro e Maria estavam brigando por algum motivo, e eu separei, protegendo a menina, que sorriu para mim.

— Então, você é escritor? Escreve o quê?

Richard Carpenter havia se desvencilhado de seu boy e decidiu socializar com os outros mortais.

— Romance — *novel, isn't it?* — Poemas.

— Ah, eu gosto de poemas! Sobre o que fala seu romance? Sobre carnaval, futebol? Já sei, sobre macumba? — E abriu o seu sorriso marca registrada.

Os gringos sempre acham que a gente vive sambando, rezando, fazendo embaixadinha e bebendo caipirinha.

— Não, não. Mas pode deixar, no meu próximo livro eu falo sobre macumba. — A ideia não era de todo má, não é?

— Ah, *awesome!* Batmacumba yê yê, batmacumba obá! — Ainda bem que ele era pianista.

— Você curte um pó? Caía bem agora...

— Pó? Não, obrigado. Mas pera aí que vou ver se descolo um para você.

Nem foi difícil, em menos de dez minutos Nelsinho trazia Daniel Filho, que salvava a gente. "Você vai ficar só nesse cavalo paraguaio aí?", ainda fez troça da minha cara. Mas meu negócio era só birita mesmo. Talvez um fino, mas não queria perder nada daquela noite.

— Vamos todos saudar 1982, o melhor ano de nossas vidas está chegando! — Dorinda assim chamava a todos para a varanda. Olhei para o relógio, faltavam poucos minutos para a meia-noite. Garrafas de champanhe e taças começavam a passar de mão em mão, e uma logo escolheu a minha mão como pouso e repouso, amém.

Fomos para a sacada, um grupo feliz entre tantos outros. Elis ria, jogando a cabeça para trás, e bebia o champanhe, brindando com Karen. Richard coçava o nariz e olhava em volta, à procura de algo (ou alguém?). César segurava em seu colo o pequeno Pedro, que já dormia. Pelo canto do olho eu vi o Sérgio Machado, filho de Seu Alfredo, um dos fundadores da editora Record. "Bom, não vim aqui apenas pra beber champanhe", mas não consegui me desvencilhar do grupo pois Maria segurava a minha mão.

Após a contagem regressiva, o mundo se iluminou em abraços, fogos de artifício e saudações efusivas. Maria, com medo, pulou no meu colo, e juntos vimos 1982 nascer, entre gritos de "Feliz Ano Novo!" e taças se partindo. Karen nos deu um abraço conjunto, amassando a menina e lhe dando um beijo estalado na bochecha — que Maria logo limpou com as costas da mão.

— Quem é essa moça?
— É a segunda maior cantora do mundo. — Eu falei.
— Mamãe é a primeira?
Apenas sorri.
— Você também vai ser cantora quando crescer?
— Eu não. — respondeu, balançando a cabeça com força e pulando do meu colo e indo pegar na mão da mãe.
Eu tinha que seguir com o meu plano inicial, Sérgio já me escapava do foco. Dei um beijo na cabeça da menina Maria, e cumprimentei Elis, com felicitações de Ano Novo. Karen Carpenter chegou, com mais uma taça de champanhe. Eu segurava a minha garrafa fechada com egoísmo de quem tinha o ano de 1982 pela frente para beber Brahma Chopp quente.

— Nelsinho! — Pronto, achei a ponte que me levaria ao Sérgio. Mas não podia ir embora sem me despedir da estrela estadunidense.

— Karen! Prazer viu? Olha, deixa eu te dizer uma coisa. — Peguei no ombro de Elis e a virei na nossa direção. — Você é maravilhosa, mas a nossa *superstar* é essa aqui, tá? — e fugi para o salão, saindo com Nelsinho à procura daquele que poderia finalmente publicar o meu primeiro livro, o "Mágoa". O resto é resto. O ano de 1982 acabou não sendo o melhor ano de nossas vidas, como a nossa anfitriã previu. Menos de dois meses depois, o mundo perdia a sua maior cantora, a mãe de João, Pedro e Maria. A melhor seleção brasileira de todos os tempos não trouxe a taça para casa e, para piorar, no ano seguinte a segunda maior cantora também nos deixou. Não consegui publicar o "Mágoa" pela Record — o que não significou muito, o livro foi um fracasso. Ironicamente, anos depois, lancei um livro chamado "Macumba", que dediquei ao Richard pela ideia. Cheguei a lhe enviar um exemplar, mas nunca obtive resposta.

E a pequena Maria, de óculos e presilha de cabelos vermelhos, medo de fogos de artifício e bochecha rosada, virou uma grande cantora, como aquelas que saudaram a chegada do ano de 1982 na sacada da cobertura de Dorinda de Assis Garcia, acompanhadas de um escritor medíocre — porém esforçado — de São Gonçalo.

O VÍCIO DE JANE

Ela está sentada com a cadeira virada ao contrário para a frente. Veste apenas uma camisa de moletom, e esmaga os seios abraçando o espaldar da cadeira, as pernas abertas, a prótese da perna direita mal tocando o chão, servindo apenas de apoio para a coxa.

Ele se despe com timidez, no outro canto do quarto, as grossas cortinas fechadas, a única luz vem da pequena luminária em formato de anjo. Parece se encolher a cada peça de roupa retirada, como se pudesse se cobrir com sombras.

Ela morde o lábio inferior, e sorri.

— Você ainda me ama? — ele diz, já quase pelado, não fosse pela cueca boxer.

— Isso é coooompletamente irrelevante. — Gostava de esticar as sílabas, deslocando a tonicidade das palavras, como se as domasse e as fizessem suas.

Da caixinha de som bluetooth, a música do Jane's Addiction diz que nada é chocante.

Agora ele está nu. Completamente nu.

Ela se põe de pé, derrubando a cadeira para o lado. O primeiro passo com a perna direita, o brilho da vela refletindo no aço da prótese.

Agora Perry Farrel grita da caixinha que sexo é violento.

— Você lembra dessa música no filme? "Assassinos por natureza"?

Ela deixa escapar uma risada anasalada, sem retardar a marcha que lentamente come os centímetros que os separam.

O CIRCO DE CAVALINHOS

Do alto do barranco, abraçado aos joelhos debaixo do pé de manga, vi o último cavalinho do carrossel ser colocado no caminhão. Suas cores desbotadas brilhavam onde ainda havia alguma resina, sob o sol vermelho de fim de tarde. Já era mais do que hora de eu ir para casa, mas dali eu não conseguia arredar pé.

O espaço onde o parque se instalara há poucos dias era agora uma capoeira vazia, de barro, chumaços de capim e alguma sujeira. Copos de plástico e sacos de papel ainda gordurosos de pipoca pareciam ter sido salpicados do alto, junto com algumas arruelas e parafusos velhos. Quando todos fossem embora de vez, eu brincaria de explorador comigo mesmo, catando todas aquelas aparas de sonho, e as colocaria na caixa de madeira debaixo da cama. Jurei uma vez no grupo escolar que eu poderia dizer exatamente de que ano era cada parafuso, cada porca, e os meninos deram a mangar de mim.

Certo dia, trouxe a caixa para a sala de aula improvisada no curral de Seu Natércio, e perfilei os pequenos metais como soldados, dispostos primeiros em fila, depois em pequenos agrupamentos, e fui dizendo a data de cada um deles. É óbvio que os meninos não acreditaram, e até Ana Jurema riu. "Você está inventando, Girino!", disse o Mucura, antes que eu tampasse um daqueles imensos parafusos em sua testa e começássemos a levantar o poeirão do chão. Mucura era maldoso, insidioso, cínico. Meu melhor amigo.

Era na minha casa que ele ia se abrigar quando seu pai, Seu Januário, chegava da mata sem nenhuma caça e com mais pinga no barril do que o próprio barril. Muitas vezes não dava tempo, e as marcas da lâmina do facão subiam em relevo na pele das suas costas. Uma vez, apareceu no grupo escolar com um roxo na fronte, e o branco do olho tomado por sangue, sem branco algum.

"Eu ainda mato aquela desgraceira daquele velho", ele me dizia, rangendo os dentes na vã tentativa de conter as lágrimas. "Não diga isso, rapaz, o padre Santiago falou que a gente..."; "É outro cabrunco, o padre Santiago! Tá gordo qual major e fica falando de pobreza pros pobre que nem nós".

A gente cresceu junto, regulava mais ou menos a idade. Os mais velhos iam crescendo, se interessando por outras coisas, casando ou saindo de Nova Carobinha, e a gente ficava. "Vamos roubar uma galinha de Dona Piquininha?", dizia ele. "Bora tacar pedra na prefeitura?", "Vamos colocar kissuco na pia batismal, Girino?". Bicho merdeiro, o Mucura. Aí, quando pegavam a gente, a pisa era maior. Cada vez maior.

No ano passado, quando o parque chegou na cidade para sua temporada anual, com seus cavalinhos desbotados, bate-bate e as tendas de atrações (teve um ano que o Mucura deu um soco no peito da Monga, a mulher-gorila, o que fez a gente descobrir da pior forma que debaixo da fantasia não era uma mulher), ele me contou da sua ideia.

A gente estava sentado debaixo do pé de manga da colina, que ficava atrás da igreja, apoiado com os cotovelos na terra e olhando pro descampado onde agora os homens desmontavam e montavam estruturas que se erguiam como mágica.

"Girino, eu vou embora."

"Mas já? Vamos esperar eles montarem o carrossel."

"Tu num tá entendendo. Eu vou embora com o parque".

Dei um soco no seu braço.

"Vai porra nenhuma, Mucura".

"Vou sim, Girino. O que tem pra gente aqui em Nova Carobinha? Nada. A gente fica igual àqueles cavalinhos do carrossel, rodando sem ir pra lugar nenhum. Vou embora com esse povo, firmar pé em lugar nenhum não, quem tem raiz é planta."

Sentei direito e bati as mãos nos cotovelos pra tirar a terra – e a terra grudou na baba das mangas que a gente havia tirado do pé e devorado "de vez" mesmo.
"Francinaldo" – a situação exigia decoro – "Tu vai fugir com o parque e vai fazer o que lá? Você não tem nem 15 anos ainda, cara!"

"Sei lá, qualquer coisa. Só sei que aqui não dá pra ficar. E te digo mais: antes de ir embora, eu ainda adianto o encontro daquele mizéra com o capiroto, pra ajudar minha mãe. Menos duas bocas pra comer na tapera, e menos duas mãos pra bater na pobre".

"Mas e eu, Francinaldo? Faço o que aqui?"

Nada mais falou, e eu percebi que ele falava sério porque nem reclamou quando o chamei pelo nome de batismo. Também me calei. Mucura era loroteiro, mas também era valente. Como na vez que ele ficou parado no meio do pasto enquanto o capataz de Sinhô Banegas correu pra cima da gente com a garrucha apontada. "Se vai atirar, atire logo, homem!", ele gritava, enquanto Gerô — filho de Dona Samarina, e que todo mundo desconfiava que tinha parte com o espanhol — mandava ele sair da propriedade.

Falei mais nada sobre o assunto. "Tu quer mais uma manga? Vou subir pra pegar", "Não, quero não, Girino. Por isso que tu é barrigudinho assim desde criança, para de comer não, é?" Lá em casa sempre tinha uma merenda de farinha, um mingau... Mas se não tivesse, aquela manga já me botava na cama de buchim cheio.

O parque ficou uma semana em Nova Carobinha, Mucura não falou mais no assunto. Eu o via, aqui e ali, conversando com o pessoal que mandava no parque. Chegou a varrer um pátio com uma vassoura de palha da sua mãe, e teve um dia que eu o vi escovando a casaca do mágico, um tal de Vunder Velsen – ou qualquer coisa parecida.

Na véspera da partida — quando o parque fazia grandes sorteios, o prêmio da caipira dobrava, e todas as barracas de jogos davam aquelas bolas grandes multicoloridas — Mucura não apareceu no parque. Mais tarde, enquanto eu já quase dormia, ouvi as batidas na janela do quarto que eu dividia com irmão e irmãs.

"Tá fazendo o que aqui, homem? Não te vi no parque hoje..."

"Vim te dar tchau, Girino. Estou indo embora." Mucura trazia um saco de lona, e só.

"Então o papo era sério..."

"Sim. Falei com o dono do parque. Só o de comer e um lugar pra dormir, pra começo de conversa. Mas do que eu preciso mais?"

Ele não estava errado não. Quem tinha coragem, ia embora. Quando me abraçou, eu pude ver suas mãos de perto. Tinha sangue.

Dei um empurrão pra afastá-lo de mim.

"Caralho, Mucura..."

"Eu falei pra você, Sandro, que ia matar o desgraçado antes de ir. Ele nem sentiu nada, estava bêbado igual a um bispo. Um corte só na garganta, zup, com o mesmo facão que ele me batia. Quando acharem o corpo, já vou estar longe".

"Eles vão te achar!"

"Vão nada."

"E eu? Fico sozinho aqui?"

"Te vira, ué." — uma sombra passou por sua face. Eu quase achei que fosse arrependimento, mas eu conhecia o Mucura. Não se arrependia de nada, nunca. "Tô indo, Girino. Fica na paz aí."

Aí tive uma ideia. A ideia.

"Mucura, vamos aqui no barracão de ferramentas do Vô, quero te dar uma coisa pra você levar".

"Não é aquela caixa de porca velha do parque não, né? Pode deixar que todo ano eu trago umas porcas novas pra você guardar". — e riu.

"Não, é uma coisa pra você se defender".

O Vô guardava uma adaga que tinha ganhado de uma mulher da vida, lá pelos lados de Maceió. Era pequena, dava nem um palmo, e mantinha sempre afiada.

"Tá bom, vamo lá. Mas não demora que o parque já está começando a desmontar.

Entramos no barracão escuro, nem precisei acender a luz.

"Mucura, eu não vou ficar aqui sozinho, cara."

Um corte só na garganta. Zup.

No dia seguinte, quando acharam Seu Januário jazendo sobre a poça de sangue em sua cama, o parque já estava longe. Nunca pegaram o Mucura, ele nunca mais apareceu na cidade.

Quando o parque chegou este ano, os policiais da capital foram lá investigar ainda, mas nada acharam. Cabo Celso, que tinha sido instrutor do Tiro de Guerra em São Belmiro, cidade vizinha, e posava de autoridade militar em Nova

Carobinha, interrogou informalmente todos os funcionários do parque. Quase saiu na mão com o mágico Vunder Velsen, mas ninguém nem lembrava do menino.

Agora, enquanto o último caminhão — aquele, que levava os cavalinhos — deixava pra trás apenas poeira e fumaça, eu descia a colina da mangueira, pra enterrar uma porca no mesmo lugar onde enterrei o Mucura no ano passado.

I KISSED A GHOUL AND I LIKE IT

"*Darkness falls across the land / The witching hour is close at hand / Creatures crawl in search of blood / To terrorize y'all's neighborhood*". Não. Pior forma de começar a contar essa história. A tentação é grande, a voz de Vincent Price traz imediatamente à mente os mortos-vivos de Michael Jackson se arrastando, rotos e dançantes, pela rua escura. Você lembrou, fala sério. Mas definitivamente não é a melhor forma de começar a contar essa história. Tem uma coisa de "A mão do macaco" também. E de "Brilho Eterno de Uma Mente sem Lembranças". Para você ver que doideira.

Creio que a melhor maneira de contar isso é desde o começo, mesmo. A gente brincava na rua, eu e ele. Estudávamos na mesma escolinha, na Ilha do Governador. Lembro bem dele, inquieto, impaciente, como se a escola fosse uma prisão. Aí os pais deles se mudaram para outro país. Quando ele voltou, dois anos depois, foi para ficar muito pouco, logo partiram para Brasília. Era um lance de trabalho do pai dele, sei lá. Mas os laços eram fortes, e permaneceram.

"Vem pra cá", ele dizia. Era uma época de cartas, não tinha essa comunicação imediata. Mas toda semana eu tinha carta do Juninho.

Juninho. Depois ele adotou outras alcunhas, claro. Mas ele sempre seria o Juninho, e eu sempre seria o Dudu. "Dudu, vem pra cá", ele sempre pedia. A gente já adolescente, as confidências das cartas cada vez mais confidentes; ele falava sobre coisas do planalto central, magia, meditação. Na Ilha do Governador, com o Pai funcionário público, a Mãe professora primária, eu ainda estava no esquema escola-cinema-clube-televisão.

"Dudu, Brasília é o centro do mundo!" Dizia ele. Já tinha começado a tocar em uma banda de rock com nome esquisito ("Ai, Du, deixa de ser careta"), e experimentado drogas. "Drogas", a grande ameaça para o filho do pobre de comunidade, como se Dâmocles segurasse não uma espada, mas um baseado gigante sobre sua cabeça.

E não é que eu fui? Quando acabou o segundo ano do segundo grau (agora é ensino médio, né? Deve ser a mesma mérdia), peguei meu boletim e usei de refém. "Quero ir passar o final do ano em Brasília", disse. O ano seguinte seria de pré-vestibular, estudando de manhã e de tarde, pô. "Está bem", disse o Pai, respaldado pela Mãe.

Dentro do ônibus, no Planalto Central, fiquei bestificado com a iluminação natalina. 18 horas, nunca tinha viajado tanto (uma irmã de minha mãe morava em São Gonçalo; mas, apesar de parecer, não era tão longe quanto Brasília). Júnior me recebeu na Rodoferroviária, que fica a uma hora da rodoviária — que só atende a ônibus municipais. "Coisas de BSB, bebê!", Júnior me dizia, animado. Apontava, mostrava, explicava. A nossa relação se baseava em uma infância compartilhada, e almas expostas em papéis pautados. E agora estávamos ali, juntos.

Na primeira noite, eu dormi em seu quarto, no chão. Acordei no meio da noite para mijar, e me assustei com ele me olhando. "Dorme mais, ainda é cedo", ele disse quando voltei do banheiro.

No dia seguinte, Seu Renato, seu pai, nos levou para um tour. Catedral, Museu JK, Congresso Nacional. Era tudo grandioso demais, talvez descampado, sei lá. A Ilha do Governador era limitada por morros e mar. Não tinha isso. Até o horizonte era plano, estranho... Solitário.

"Pois é assim que me sinto, Du. Solitário", me dizia mais tarde, na mesa do bar da Asa Norte. Era o *pit-stop* (palavra da moda, Fittipaldi herói da molecada) antes das festas de rock que rolavam no condomínio. Eu já tinha bebido antes, claro. Era quase um homem, tinha até bigode — bom, um safado buço que só servia de moldura, mas ok. Ele me contou histórias sobre a banda da qual fazia parte, sobre cheirar benzina, sobre fliperama.

O bar em que estávamos fechou, e migramos para outro, mais pé-sujo, mais Ilha do Governador; mais casa, pra mim. "Vocês não querem uma Coca-Cola?", disse o pernambucano brabo por trás do balcão quando nos viu entrar. "Claro que não, meu bom homem! Queremos cerveja!", disse Júnior, batendo com o dinheiro do pai no balcão. "Agora você vê, Dudu, a que fomos reduzidos! Somos a geração Coca-Cola!", dizia rindo enquanto tirava o rótulo com dois pinguins da garrafa de Antarctica. Eu já estava meio tonto, só pensava em ir pra casa, e Júnior não parava de falar, enquanto eu só ouvia, embevecido.

Daquele bar, fomos para a tal festa de rock. Eu era o acompanhante do Júnior, cumprimentando todos como se fossem parentes distantes. Bebemos mais, e ele foi para a pista dançar. Dançava desengonçado, e eu perguntei se ele estava imitando o Ian Curtis, do Joy Divison, banda que a gente gostava e compartilhava nas cartas. Ele riu, e disse: "Não, é Jim Morrison!", rindo e chegando seu rosto perto de mim. Um silêncio desconfortável, mil memórias.

"Vem, dança também!", me puxando pelo braço. "Não sei dançar, Juninho", eu disse. Comecei a balançar o corpo desajeitadamente, e ele me sacudia, segurando minhas mãos. Eu ri, ele sorriu de volta. "Se solta", disse. Eu apenas ri de novo. Então ele parou, colocou a mão no queixo (parecia um filósofo), e disse: "Sabe por que você não dança? É que você nunca dançou com ódio de verdade". Lançando-se novamente na pista, um Jim Morrison desengonçado, com a sua timidez extravagante.

Quase todo o resto da noite é um borrão na minha cabeça. Bebidas, alguma maconha e, em algum momento, cocaína. Digo quase todo porque me lembro bem a penúltima vez em que vi Júnior de perto.

"Você lembra quando brincávamos de soldados? A tarde inteira, correndo atrás uns dos outros". A voz de Júnior me chegava em ondas, como rádio de ondas curtas. "Você sempre foi meu inimigo. Você era meu amigo. Quem é você, Du?"

Eu fingi que bebia mais um gole da cerveja quente — já não conseguia responder pelos movimentos mais simples, não queria beber mais.

"Quem é você?"

Júnior chegou mais perto. Tocava Souxsie and the Banshees, eu lembro. Eu lembro de cada fatia de realidade servida naquele momento.

Seus dedos tocaram meu antebraço, perto do cotovelo. Seu rosto se aproximou, eu consegui sentir seu hálito. Pelos esparsos que ainda não formava uma barba, saliva que ainda não formava umidade nos lábios.

"Eu sempre te amei, Du", ele disse.

E eu corri.

Coloquei as mãos nos ombros de Júnior e afastei-o lentamente, com carinho. Eu gostava dele. Gostava mesmo, desde pequeno. A gente sempre se entendeu, seja nos olhares, seja nas cartas que trocávamos semanalmente.

Mas eu não era viado. "Olha, esse Dedé é viado!", dizia meu pai, assistindo aos Trapalhões na noite de domingo, e o peso daquela fala esmagava qualquer atração que pudesse existir por outra pessoa.

Por outra pessoa que tivesse nascido como eu.

"Renato, eu..."

Eu nunca vou me esquecer de sua expressão de decepção. Mas aquele olhar não se demorou em minha contemplação, logo ele voltou pra pista de dança, displicente. Acho que o vi enxugando os olhos com as costas da mão, não sei. Eu estava bem chapado.

O resto do final de semana foi protocolar. Passeios e passeios — Júnior parecia sempre enfadado — e só. No domingo à tarde, na rodoferroviária, seus pais carregavam minhas bolsas, solícitos, e colocavam no bagageiro do ônibus. "O setor de fumantes é mais barato", as palavras de meu pai ecoavam, e eu já antevia as 18 horas tragando a fumaça maldita. Comprei — escondido — um Continental antes do embarque.

"Não vai embora, fica um pouco mais". Era a primeira vez que Júnior trocava mais do que duas palavras comigo desde o... incidente.

"Não posso. Eu tenho que ir."

A gente apertou protocolarmente as mãos, se olhou nos olhos e foi só. Entrei naquele ônibus fedorento e voltei para o Rio. Nem fumei nas paradas (eu nem era um fumante ainda), dormi por quase todo o trajeto. Acordei já na Dutra.

A vida seguiu. Eu acompanhei de longe toda a trajetória de Júnior — a essa altura já em uma nova banda, com um nome menos estranho e uma outra alcunha. "Russo", ele se chamava, e eu estranhava mais o fato dele usar o nome do pai.

Ouvi todas as músicas de sua banda enquanto buscava meu espaço social na Ilha do Governador: concurso público como o pai, carteira assinada e hollerit como a mãe, não importa. O primeiro disco do Legião Urbana —o nome da nova banda — era quase todo tirado de nossas conversas, e eu via o sorriso de Renato em cada determinado momento, cada frase. Enquanto eu seguia a via crúcis (que não tinha virado circo) de suburbano da Ilha do Governador, com esposa e filhos e a maldita da carteira assinada, Renato (o Júnior, o Juninho) tinha virado uma grande estrela. Da ascensão meteórica à doença, eu estava lá.

De longe. Mas estava lá. Em minha presente ausência. Sua morte foi anunciada em todos os jornais, em todas as mídias. Morria o "trovador solitário", o guru de uma época. Para mim, morria o Juninho impaciente da escolinha de subúrbio, o Júnior das cartas, o Renato daquela noite na Asa Norte.

Júnior seria cremado no dia seguinte, e seu corpo repousava no morgue. Do lado de fora, vestindo uma calça jeans ferrada e uma camisa de malha preta (protocolos de luto, mesmo na guerrilha), eu observava o cemitério e lembrava disso tudo.

Eu tinha que lhe dar pelo menos um adeus.

Era noite alta. Com o pé direito apoiado no muro do cemitério, eu fumava um cigarro, quando senti a presença.

Bom, senti primeiro o cheiro.

"The foulest stench is in the air / The funk of forty thousand years..."

Já não era tão jovem, fiquei apreensivo.

Do final da rua, surgiu. Andava com alguma dificuldade, como se vencesse o ar e o ar fosse gelatinoso. Mas eu o reconheci. Principalmente pelo sorriso.

— Você não ficou chateado por eu ter usado nossas conversas nas músicas?

Foi a primeira coisa que ele falou. Magro, muito magro devido à doença que o vitimou. Mas o sorriso era o mesmo.

— Não, nunca.

— E por que você nunca me procurou?

Eu não tinha resposta. Dei de ombros e traguei o cigarro.

— Eu fui rico, fui famoso. E você ainda na Ilha. Nunca quis... sei lá, saber como eu pensava?

Foi a hora que me senti culpado.

— Juninho...

Olhei em seu rosto. Se o ar que me faltara tivesse um epicentro específico, ele seria um pouco abaixo de meu peito, e acima do estômago.

Ele apenas sorria.

— Por que você voltou? Você está... morto. — disse, como se fosse uma indelicadeza dizer.

— Porque não posso seguir com dívidas.

— E o que você deve?

Ele olhou para o chão, e moveu seus punhos em torno do tórax, em um misto de pugilato de desistência, quase uma dança.

— Não sou eu quem devo, é você que me deve.

Nossos olhos se encontraram, de uma maneira... Sei lá. Mais profunda que profundo, eu realmente não sei se vocês entendem.

E a gente se beijou.

Finalmente.

Seus lábios, sua língua, sua boca. Tinham gosto de formaldeído. Molhados, convidativos. Podres.
Amados.
Nossos braços se envolveram.
Nosso beijo se incendiou.
Your body starts to... shiver.
Sem dizer nada, o beijo se desfez. O abraço se desfez.
— Eu também sempre te amei, Juninho. — disse, como se pudesse resgatar aqueles anos todos em apenas uma frase.
Não pude.
Renato se virou, e nunca mais eu o vi, a não ser em imagens antigas exibidas em homenagens na televisão.
Naquele momento, fiquei ali, parado. Com a certeza contundente de que é só meu o que só eu tenho.
Para sempre.

AS TRÊS PESSOAS QUE VOCÊ SALVARIA

— Deu trezentas e oitenta gramas, senhora. Pode embalar?

Natália só havia pedido duzentos gramas de presunto. Queijo ia embora rápido, mas presunto tinha que ser pouco porque só ia no pão — o queijo ia direto pra boca, em assaltos furtivos à geladeira tanto de Paulo quanto do Nathan. Imitava o pai em tudo, o moleque, inclusive em achar que as investidas à comida eram secretas.

— Moço... — ela ainda falou, mas o menino do mercado já embrulhava o presunto e colocava o preço, fechando a embalagem. Pensou em falar que "trezentas gramas é coisa pra cavalo comer", odiava esse erro gramatical, e que só havia pedido duzentos, duzentos gramas.

Disse apenas "obrigado", e colocou o presunto no carrinho. "Vai estragar, com certeza". Mas não reclamou.

Natália não reclamava. Desde a escola, sempre assumia uma postura passiva. Sua música predileta era "Deixa a vida me levar" e, no recreio, gostava de ser queimada logo para ficar fazendo joguinho.

Ainda pensava no presunto que ia estragar quando saiu do mercado com as três bolsas e atravessava a praça de Nova Cidade, tentando se lembrar de alguma receita que levasse presunto e que não fosse salpicão (Paulo odiava salpicão), quando esbarrou com o Homem.

Era alto, vestia terno preto. Careca. Careca liso, total mesmo. E tinha os olhos totalmente brancos. Sem retina, sem pupilas, nada. Ele apontou um indicador que parecia um longo graveto na direção da mulher.

— Você. Você mesmo.

— Errr... Eu, moço? Desculpa, hoje eu não posso.
— Não rejeite a dádiva. É você quem eu procuro.

Nunca tinha sido Natália. Os meninos bonitos procuravam as meninas bonitas, Paulo mesmo tinha ficado com ela para compor equipe com o amigo, que queria ficar com Andressa, Andressa era um espetáculo, e Natália era só a amiga mais ou menos.

Agora o estranho alto, magro e sem pupilas dizia que era ela. Parou para ouvir.

— Você é uma das pessoas escolhidas. Daqui a três meses o mundo irá se acabar, temos vagas apenas para os escolhidos.

— Peraí, mas vai se acabar como?

O homem pareceu ignorar a pergunta de Natália.

— Partiremos em um veículo no dia 26 de outubro. Você pode escolher três pessoas para levar contigo. Nós iniciaremos o novo mundo.

— Mas qual o critério? Como escolho essas pessoas?

— Daqui a três meses. Dia 26 de outubro. Nesta mesma praça, perto da hora do sol se por.

E sumiu. Suas pernas longilíneas o levaram para longe rapidamente, antes que Natália pudesse perguntar qualquer outra coisa.

— Mas como assim, três pessoas?

— Não sei, Paulo José. Não sei.

Paulo comia um misto quente feito com duas fatias de presunto e uma de queijo.

— Você é maluca. — Falou, de boca cheia. — Encontra um cara estranho na rua, do nada, e ainda acredita nele.

— E se for verdade, pai? Esse mundo já deu mesmo.

— O mundo tá acabando desde o renascimento, meu filho. É a mesma história dos crentes, de que Jesus vai voltar.

— Eu não voltaria. Depois do que fizeram com ele...

E pai e filho riram, com as bocas cheias de misto quente.

Natália lavava a louça, tentando deixar a pia limpa depois do café da manhã da família, fazendo o que ela acreditava ser sua parte na coreografia doméstica. O marido e o filho comiam, largavam os pratos e copos na pia e saíam para trabalhar e estudar, e ela ficava em casa. Quando Nathan chegasse, teria almoço pronto, e mais louça. Mais tarde, Paulo encontraria janta fresca (Paulo odiava arroz requentado), e mais louça.

Tudo para Natália lavar.

Depois que ficou sozinha, ligou para a mãe, Dona Lurdinha, que morava com a irmã. 81 anos, ainda lúcida.

"Minha filha, estamos no final dos tempos."

— Sempre estivemos, mãe. Desde o renascimento que...

— Você já escolheu as três pessoas?

A pergunta reverberou na cabeça de Natália mesmo depois que desligou o telefone. Levaria Nathan, claro. Não era um ser humano admirável o tempo todo, mas era fruto de seu ventre, nenhum mundo novo se iniciaria sem ele a seu lado. E sua mãe, a pobre que já tinha sofrido de tudo nesta vida. Merecia uma chance.

— Mãe, não me chama não que jogo online não tem pausa, tá? — Nathan pegou o prato de salpicão e foi comer no quarto.

"Bonito, esse meu filho", ela pensou, enquanto passava a roupa.

Ligou para Do Carmo, sua amiga mais próxima (talvez a única), e contou a história do homem estranho.

"Ai, amiga, que tudo!"

— Tudo nada. Coisa de maluco.

"E se for verdade? Já pensou quem você vai levar nessa nave?"

— Que nave, Do Carmo? Não falei nada de nave.

"E você vai fugir do fim do mundo de que, de van? Esse homem estranho aí deve ser algum extraterreste, ou um anjo, sei lá. Mas me diz: quem você vai levar?"

A mesma pergunta de sua mãe.

Apenas três pessoas.

— Salpicão, Natália? Que nojo, você sabe que eu odeio salpicão.

Paulo olhou para a cumbuca grande no centro da mesa e fez um muxoxo.

— Amor, eu separei aqui pra você. Sem maionese, sem passas, sem pimentão, só o franguinho desfiado, presunto e batata palha.

O marido fez o prato sem desfazer os lábios franzidos, e foi comer na sala em represália ao cardápio hostil.

Três pessoas. "Nathan, sua mãe e... Paulo José?", Natália pensou, sentada sozinha à mesa do jantar.

No dia seguinte, telefone tocou cedo.

"Dona Natália? Tudo bem? Aqui é o Arnóbio Presença, do jornal O Popular. A senhora está muito ocupada?"

— Na verdade, eu...

"É pra falar rapidinho, vou tomar muito tempo da senhora não. É sobre o convite que a senhora recebeu para se safar do fim do mundo. Podemos falar sobre isso?"

Natália desligou o telefone. Olhou na tela e viu que tinha umas 15 mensagens de Do Carmo. "Miga", Me desculpa", "Fui eu que passei o contato", "Esse patife é amigo do Jereréu, meu ficante premium", e por aí vai. A amiga sempre foi bocuda mesmo. Largou para lá.

Três dias depois, a matéria saiu assim mesmo. Sem nomes, claro, mas não foi difícil chegar em Natália (como não tinha sido difícil antes, tem muita gente bocuda nesse mundo), e a coisa repercutiu. Foi para a internet, virou hashtag na rede social, pronto.

— Você vai levar a sua mãe?

— Claro, Paulo José.

— Mas a vovó já não tá velhinha? Vai gastar uma vaga com... AI, MÃE!

Natália bateu nas costas de Nathan com o pano de prato. Não bateu forte, claro. Não batia no menino.

Continuou lavando a louça, principalmente a panela de pressão. Era ainda de inox, nada daquelas bonitonas de teflon, aí as coisas garravam no fundo.

— Então fechou, né? Eu, Nathan, sua mãe e você.

A mulher não respondeu. Só podia levar três pessoas.

Não queria levar Paulo José.

— ... e agora, há dois meses do fim do mundo, exclusivo para o "É de Casa", conversaremos ao vivo com Dona Natália Mesquita, a escolhida! Bom dia, Dona Natália!

— Pode chamar só de Natália, Maria. Natália Alves.

— Mas tá aqui Mesquita no card, tudo bem, tudo bem. Dona Natália...

— Só Natália.

— Tá bom! Ai, gente, desculpa. Natália, conta pra gente, vai. Como era esse homem que a abordou lá em Niterói?

— São Gonçalo.

— Ué, mas não é a mesma coisa?

O burburinho da internet pautou a televisão, e não demorou para Natália ser chamada a dar entrevistas. Gostava da Maria Beltrão, achava-a divertida, e concordou em falar para o programa matinal dos sábados. A televisão sempre estava ligada nesse horário, era quando Natália aproveitava que Paulo estava no futebol para dar a limpeza pesada no banheiro (Paulo odiava o cheiro da creolina).

A entrevista seguiu, Natália falou sobre o Homem, Maria disse que ele poderia ser um anjo, Thiago Oliveira apostou que era um extraterrestre; tudo em um tom meio sério para disfarçar a galhofa. Natália respondia, e pensava no almoço que não estava fazendo. "Paulo vai reclamar quando chegar do futebol".

— Voltamos com nosso "É de casa", para fazer a pergunta que não quer calar: Dona Natália, você já escolheu as três pessoas que vai salvar do apocalipse?

O rosto de Natália encheu a tela. Depois, o rosto compenetrado dos apresentadores. E Natália de novo.

— Já.

No bar do futebol, no CEJOP, a respiração ficou suspensa. Todos os amigos de Paulo José queriam saber. Em várias casas de São Gonçalo, na redação d'O Popular, em casa onde o Nathan tinha a TV ligada (mas estava jogando no computador sem prestar muita atenção).

Todos queriam a resposta.

— Eu vou levar a minha mãe, Dona Lourdes... Meu filho Nathan, filho, mamãe te ama, tá?

E fez uma pausa.

— E o maridão? — perguntou o apresentador.

— Não, ele não. Vou levar o Jorge Vercilo, se ele quiser.

Os três times de homens suados e levemente alcoolizados silenciaram e olharam para Paulo José. Do Carmo deu uma gargalhada, e já pegou o telefone para mandar mensagens no grupo de ex-alunos do Ismael Branco, a escola estadual onde as duas haviam estudado.

"No arrebatamento, este marido ficará desgovernado!" – era a notícia do jornal O Popular no dia seguinte, com a foto de Paulo José ao lado de uma Natália desfocada. O assunto era pauta única na cidade, e a tiragem se esgotou mais rápido do que quando pegaram o arsonista que queimava pessoas em situação de rua.

Em casa, a briga foi feia. Paulo gritava, Nathan ria. Natália permanecia em silêncio, estendendo roupas.

— E minha cara, Natália, como fica? Todo mundo me sacaneando! No trabalho, no futebol. Você viu o jornal? VOCÊ VIU O JORNAL?

— Ê, pai. Manera aí.

— Manera é o caralho! Não é você que está sendo motivo de zoação da cidade toda. Melhor, do BRASIL todo! Sua mãe falou em rede nacional que prefere o Jorge Vercilo! Que vai salvar o JORGE VERCILO e deixar seu pai MORRER!
Nathan riu.

— Mãe... Por que o Jorge Vercilo?

— Ah, eu sempre gostei dele.

— Mas não tinha outro? O Jorge Vercilo é meio que um Djavan genérico, não? Por que não levar logo o original?
Paulo pegou o prato com lasanha e arremessou na parede.

— O mundo vai acabar e você está discutindo qualidade musical, porra!

E saiu de casa, para não mais voltar.

No dia seguinte, Jorge Vercilo tomava café da manhã com Ana Maria Braga. A internet toda só falava nisso: era hashtag, dancinha e montagens de vídeo com o Jorge Vercilo sendo abduzido.

Não demorou, foi arranjado um encontro entre eles. Natália apertava as palmas das mãos suadas enquanto tiravam as fotos na coletiva. Descobriu então que Jorge Vercilo era místico, e que acreditava nela. Aceitava de boa em ser um dos escolhidos.

As semanas se passaram, e mesmo quem não acreditava na história de Natália acompanhava com atenção as notícias. Matérias sobre fim do mundo, arrebatamento, o Homem do Apocalipse, família do Jorge Vercilo, a revolta do marido; tudo isso passava constantemente, e ia ganhando espaço até nos telejornais de maior abrangência, no horário nobre.

No dia 19 de outubro, uma quarta-feira, o telefone de Natália tocou. Ela estava sentada na sala, vendo TV. Nathan comia um sanduíche no quarto, a pia cheia de louça.

— Dona Natália? Um momentinho por favor.

— Olha, no momento eu não quero dar entrevista, estou...

— Natália? Opa, Natália, que felicidade em falar contigo, mulher! Tá reconhecendo a voz?

Natália reconheceu.

— Então, no tocante a essa cuestão do fim do mundo aí... eu vi a reportagem do Cabrini na Record. Que doideira, hein? Parece até coisa de outro mundo! Ha ha há!

— Senhor presidente...

— Me chama de Jair, não precisa desse protocolo todo. Sou uma pessoa comum, comum igual a você. Estou te ligando para fazer um pedido...

— Presidente...

— Jair, querida. Jair!

— Então, Jair... Eu já escolhi as pessoas que eu vou levar.

— Eu sei, eu sei. Mas eu não quero pedir nada pra mim não, talkey? Na verdade, eu queria pedir pela minha filha, a Laurinha. Quanto você quer pra levar a Laurinha?

— Não tem negociação, pres... Seu Jair.

— Mas eu posso te deixar rica!

— E de que vai adiantar dinheiro no fim do mundo?

O outro lado da linha ficou em silêncio por um tempo.

— A gente pode... Veja bem, é só uma hipótese... Poderia acontecer alguma coisa com esse cantor, sabe? Aí a escolha não seria sua.

— Não entendi.

— Veja bem... Não estou dizendo que vai acontecer... E vai que o mundo não acaba? Você fica rica, e sem ter nem que declarar pro imposto de renda. Você não acha isso uma boa?

— Seu Jair, o senhor me desculpe, mas não tem negociação. Eu já escolhi as três pessoas. Passar bem.

Natália desligou o telefone, e mandou imediatamente uma mensagem para o Jorge Vercilo, preocupada com a segurança do cantor.

Enfim chegou o grande dia. No dia 26 de outubro, a praça de Nova Cidade estava tomada. Os curiosos eram afastados por grades, colocadas pela prefeitura e guardadas por policiais militares. Somente os repórteres de televisão podiam se aproximar, alguns com links diretos.

O povo todo aplaudiu quando a van preta abriu a porta, e dela desceram Natália, Dona Lurdinha, Nathan e Jorge Vercilo. "Meu filho, eu estou levando uns sanduíches aqui na bolsa, tá?", ela disse para Nathan, que acenava para a multidão enquanto gravava uma live. Seu canal de games agora tinha milhões de seguidores.

Caminharam para o centro da praça e se sentaram, os quatro escolhidos, no banquinho de cimento que havia quase debaixo de uma estátua onde um homem negro erguia uma criança, sendo observado por uma mulher também negra, com correntes partidas nos pulsos, simbolizando a liberdade.

Um carro preto parou do outro lado da rua interditada, com sirenes no painel. Dele desceram três homens: dois usavam terno preto, óculos escuros e plugs no ouvido. O outro era um dos filhos do presidente, o deputado estadual. Tinham perdido a eleição no primeiro turno, mas não perderiam aquela oportunidade.

Os agentes da polícia federal abriram caminho na multidão com truculência, e chegaram até Natália.

— Dona Natália, meu pai mandou dizer que a oferta ainda está de pé. A menina está no carro.

— Diga para o seu pai que não tem conversa. O sol já está se pondo, e eu já tomei a minha decisão.

— Porra... — o deputado coçou a testa, que se estendia até a nuca. — Não queria que fosse assim, mas você não me deixa escolha. Podem prender os três.

Jorge Vercilo se levantou, o agente pegou em seu braço, o outro segurou Nathan. Natália abraçou Dona Lurdinha e ficaram encolhidas, temendo o pior.

Uma vaia gigantesca se ergueu da multidão. As pessoas tentavam derrubar as grades para impedir que os policiais prendessem Natália e os escolhidos. Eles representavam a vitória para aquele povo sofrido, tinham sido escolhidos para se salvarem. Não podiam sofrer tal violência.

Os policiais do 7º Batalhão que faziam a segurança começaram a descer a borracha para evitar o pior. Houve gritaria, o deputado sacou a arma. Parecia leite fervendo, a qualquer momento ia transbordar e cagar tudo.

Daí, do nada, fez-se silêncio. Silêncio mortal, como se todos prendessem a respiração ao mesmo tempo.

O Homem apareceu.

Vinha caminhando devagar, com seu terno preto, e sua careca podia ser vista boiando no meio da multidão, dada a sua estatura. Os curiosos abriam um bolsão vazio para a sua passagem. As câmeras de TV o procuravam, e letreiro da Globo News passava "Verdade ou Mentira? A hora do fim do mundo", enquanto as imagens do helicóptero mostravam o deslocamento. Na aeronave, Genílson Araújo estava mudo. Nenhum repórter ousava falar.

O Homem chegou perto do pequeno grupo que estava no centro da praça. Os policiais largaram Nathan e Jorge Vercilo. Natália se levantou e ajudou a sua mãe.

— Vocês estão doidos? Prendam todos, inclusive esse homem aí! — O deputado gritou, mas ninguém lhe deu a menor bola. Um dos agentes chorava, segurando um terço.

O Homem então se aproximou de Natália, fixando nela seus olhos totalmente brancos e erguendo o indicador que parecia um graveto.

— Você. Você mesmo.

Ela sorriu.

— Moço. Eu trouxe as três pessoas. Essa aqui é a minha...

— Não rejeite a dádiva. É você quem eu procuro. Você é uma das pessoas escolhidas. Daqui a três meses o mundo irá se acabar, temos vagas apenas para os escolhidos.

Natália franziu o cenho, sem entender nada.

— Você já disse isso, moço. Esses três meses acabam hoje.

— Partiremos em um veículo no dia 26 de outubro. Você pode escolher três pessoas para levar contigo. Nós iniciaremos o novo mundo.

— Mas as três pessoas estão aqui. E hoje é 26 de outubro!

— Daqui a três meses. Dia 26 de outubro. Nesta mesma praça, perto da hora do sol se por.

E se afastou, na direção da multidão, com suas pernas longas.

Natália levou a mão à boca, já aberta, e entendeu.

O Homem... era só um doido.

Demorou quase um minuto para a multidão, em silêncio, entendesse o que aconteceu. Foi quando alguém gritou "Era tudo mentira, povo!", e todos avançassem ao mesmo tempo.

As câmeras de TV que estavam no solo foram inutilizadas. As imagens do helicóptero foram cortadas, enquanto o âncora, sem compreender, passava para outra pauta.

Os agentes federais tentaram proteger o deputado, sem sucesso. Alguns tiros foram disparados, mas a multidão ensandecida engoliu a todos. O carro preto se foi, e demorou um tempo para que a polícia militar dispersasse a turba. Muitos feridos, pisoteados. Alguns óbitos colaterais – inclusive do deputado, cuja arma nunca foi encontrada.

Natália saiu ilesa. Quando viu que as grades caíram, o cantor Jorge Vercilo a abraçou, quebrando algumas costelas nesse processo. Nathan escapou também, subindo na estátua, e largando sua avó para trás. A velha sofreu algumas escoriações, mas também sobreviveu.

Depois disso, a grande mídia, envergonhada, não falou mais nada para tentar apagar a barriga que tinha levado. Só o jornal O Popular ainda fez algumas matérias, mas com o tempo as pessoas perderam o interesse. A música que o Jorge Vercilo fez sobre o fim do mundo ("Pode ser o fim do mundo / mas não o fim do nosso amor") flopou.

    Nunca mais ninguém ouviu falar do Homem do Apocalipse.

QUALQUER COISA DE INTERMÉDIO

O quanto de merda é necessário pra criar um tsunami? Cada vez mais gente na rua, se acotovelando para avançar pelas calçadas quebradas do Alcântara, como formigas em uma superfície acidentada e ligeiramente pegajosa. E se todas essas pessoas, principalmente com esses novos condomínios, dessem descarga de uma vez só? Aquela tubulação dos anos 70 ali do Vila Lage, e do nada milhares de habitantes se empilhando como livros velhos em prateleiras novas?

Um tsunami de merda. Era o que eu pensava enquanto também me esgueirava através dos corpos suados — e talvez por isso mesmo cheirosos de uma maneira quase paradoxal — pra perder uma prata num cartório e fazer uma procuração.

"É só fazer um papel e assinar", ele disse. Meu zovo. Seiscentas pratas só pra largar o jamegão no papel que autorizasse meu irmão a enterrar a minha mãe lá em Fundão, em outro estado, sem a minha presença. Treze anos de distância, um descolar suave como o de um astronauta, e a velha só podia descer pra sua morada eterna se eu pagasse por esse papel. Cartório no Brasil é máfia, misericórdia.

— ... futuro?

Os dedos como gravetos terminavam em uma mão seca, anunciando logo rendas velhas e sujas sob mangas bufantemente coloridas, ainda que meros andrajos.

— Agora não, senhora, tô cheio de pressa.

— Não, meu filho... É uma oportunidade única!

Rom, romani. Eu ainda não sabia exato, a gente sempre chamou de cigano, mas aprendi na rede social que a palavra "cigano" já é etnocentrismo, xenofobia, preconceito, e eu estou no processo de desconstrução, de tentar ser uma pessoa melhor. Mas é foda ser uma pessoa melhor no calor saariano do Alcântara, meio-dia, prestes a ser coagido e assaltado pelo cartório.

— Senhora, a senhora pode, por favor... — disse, tirando dois reais do bolso. Vá lá, ela também tem seus ouros pra polir.

Ela agarrou meu pulso como um alicate de pressão, ignorando os dois reais (aquele papel azul pintado com uma tartaruga — e que por ser azul se confunde com aquele outro pintado com um peixe, tem que ficar ligado pra não dar mole e perder cem contos. O estranho que o peixe pintado não é um pintado) e já lendo as rugas da palma de minha mão esquerda.

Eu estava já esperando aquelas coisas triviais, como "você tem alguém que te ama muito" (ao olhar a aliança), ou ainda "você tem que ser menos ansioso" (jogo do Flamengo no domingo, não tem unha ou cutícula que resista).

Mas não.

A velha arregalou os olhos e colocou a mão na boca. Olhou na minha cara, espantada. Mirou novamente minha mão e proferiu umas palavras que eu não entendi. Romeno? Sei lá.

— Você...

— Olha, senhora, toma aqui esses dois reais, é dois reais mesmo? É. Ufa. Tive um amigo que...

— Você não devia estar aqui.

— Não mesmo, senhora, ô, nem me fale. Mas é que eu tenho que ir no cartório, — tentava puxar meu pulso daquele torniquete e empurrar a tartaruga. — Toma aqui, vai. Compra alguma coisa pra comunidade. Vocês ainda ficam ali no Laranjal?

Ela suspirou.

— Você morreu, rapaz. Você morreu em 2014.

Mãos atrás da nuca, barriga para cima, televisão ligada pra ninguém. Dificilmente consigo dormir assim, mas dormir não era uma opção. Como é que dorme? As palavras daquela senhora a bater nas laterais da cabeça, de dentro pra fora. E o pior: ela nem pegou meus dois reais. Bagulho devia ser sério mesmo. Como assim eu morri em 2014? Puxa na memória, cara, o que aconteceu em 2014?

E como ela sabia o ano exato? Essas profecias são sempre tão vagas!

2014. 2014 foi o ano da Copa. Mas não pode ter relação com a Copa. Corri algum risco, fiquei doente?

Nada. Ah! E o...?

Bom.

Então. 2014 foi o ano do churrasco da empresa em Rio Bonito. Galera alugou um sítio, tinha sido um bom ano. Empresa de eventos, porrada de gringo querendo pagar caro em caldo de cana e ver gente seminua dançando entre um jogo da Copa e outro. Bom pra todo mundo, inclusive pros gringos. "ca-ê-pe-Rínea", eles diziam, já com a boca mole.

Geral chapando o dia inteiro, putz, como a gente bebeu nesse dia. Eu fui pro chalé, as suítes eram individuais e eu me rendi cedo ao bode. Sou um velocista, não um maratonista.

Sei que lá pra que altura da madruga (duas, três da manhã? Sei lá, talvez até dez da noite, queimei a largada), ouvi uma batida na janela. "Porra, alguém não achou o caminho do chalé", pensei. Levantei, a boca já meio seca, língua grossa e um ligeiro desconforto abdominal. Fui até a janela, abri.

Nada.

Pelo som, eram batidas no vidro, não na madeira. Só que não tinha ninguém ali do lado de fora. Olhei na direção da churrasqueira, o Esteves da contabilidade cortava um espeto de abacaxi. Dona Graça, Miro da garagem, Veruska do RH, sei lá. Eram os últimos acordados, os maratonistas.

Voltei a me deitar, ignorando a sensação de estar dormindo em uma embarcação miúda próxima à arrebentação, só pra tentar dormir. Daí ouvi as batidas novamente.

Vinham do banheiro.

No cômodo apertado e mobiliado de maneira grotescamente brega, nada, mais uma vez. Ninguém batendo no basculante, o único vidro ali, já que o box era de plástico, aquele acrílico fumê com ranhuras.

Porém, no escuro, eu continuava ouvindo as batidas. Um "tunc, tunc", meio molhado. Parei e fiquei esperando pra saber de onde vinham. Então percebi que a janela não era o único lugar que tinha vidro.

As batidas vinham do espelho.

De dentro do espelho.

O coração pulou uma batida. Acendi a luz, correndo, e olhei. Minha cara amarrotada, olhos vermelhos, cabelo amassado do lado direito pelo hábito de dormir apenas para esse lado.

"Você é um mané", pensei, e quase ri da minha cara de assustado no espelho. Mas não sorri.

A cara no espelho é que sorriu.

Acabei dormindo assim, de barriga pra cima, com as mãos espalmadas por detrás da nuca. Na manhã seguinte, observei enquanto eu me arrumava e pegava o envelope pardo com a procuração, de dentro do espelho. Ainda dei a última olhada para mim mesmo no reflexo, e apenas o de fora sorriu. A cigana estava certa. Eu morri em 2014.

Aquele ali fora não era eu.

MERRU

Era pior quando não tinha lua nem estrelas. No descampado da Rua 10, atrás ficavam o campo e o pântano, cada dia mais tomado pelos casebres sem reboco. À frente, apenas os postes indicando o caminho pelas ruas de terra até boca de fumo, como se o próprio poder público sinalizasse a jornada da derrota. Sem lua era ainda pior.

Merru gostava quando tinha alguma luz natural. Não que ele entendesse alguma coisa sobre as luzes da cidade barrarem a luz dos astros celestes, nem deve ter tido essa aula — e talvez nem esse professor, no colégio estadual da rua 4 onde havia estudado — mas quando o céu estava limpo ele gostava de olhar e se imaginar no campo. Talvez um vaqueiro, como o avô da mãe, nas histórias que ela contava sobre a sua família no Norte. Ou um caubói.

"Mas tinha caubói preto, vó?"

"E quem cuida dos bichos? Quem limpa a bosta, quem dá banho? O caubói é quem trabalha, meu filho, e o caubói de verdade é preto. Branco só tem a caneta e o papel, sabe nem porque boi caga espalhado e cabrito caga redondinho" — e se ria, a velha. E Merru ria junto.

Caubói.

Hoje estava tudo escuro, sem lua ou estrela. Só os postes, e um edredom de nuvens sobre sua cabeça.

— Que horas que chega o papá? — Disse Metadinha, o mais novo.

Metadinha era novato no serviço. Chegou Kaíque, virou Metadinha porque no primeiro dia só comeu a metade da quentinha. Reclamou que estava azeda. "Tu queria o quê?

Burger King?", falou Quissamã, e ele teve sorte de não virar Burger King, ficou Metadinha mesmo.

"Já foi bom servir na firma, menó", disse o missionário uma vez. Fausto Daniel, o nome dele, mas já havia sido Frieira. "Dava dinheiro, a gente vivia que nem rei na favela. Agora? É merreca, quentinha azeda e prisão. Quando Jesus tocar teu coração você vai ver. Isso tudo fica pra trás, sabe por quê? Porque nada disso é teu, menó. É tudo do Inimigo".

Uma vez por semana eles vinham. Trocavam ideia, davam comida, de vez em quando até rolava um bombom Garoto. Não se incomodavam com as armas, ou com o bagulho, a maioria tinha sido do crime também.

Em noites de lua, Merru (que era Adalberto de nascença, "Meio ruim" de apelido que virou) até pensava nisso. E se Jesus chamasse? Merru iria. Os crentes vestiam roupa limpa, falavam macio, pareciam sempre felizes, e cheios de bombom Garoto. Merru poderia facilmente viver essa vida, sair dessa doideira. O Frieira contou que ele mesmo nunca tinha acreditado, mas quando o bando dele teve que matar um menor dentro de uma igreja, lá no Salgueiro, ele ouviu o chamado e largou o crime.

Até agora Jesus não tinha aparecido para chamar ninguém por ali.

— Tá vindo um ganso ali. — Quissamã já meteu a mão na pistola, Metadinha se adiantou para vender. Ainda não tinha moral de ficar armado, e nem radinho. Radinho, só o Merru.

Na rua, vinha um cara andando. Jovem, ainda. Andava pelo que deveria ser meio-fio se naquela rua tivesse meio-fio. Quem mora em comunidade sabe: não se anda perto do muro (ou no terreno baldio, porque ali perto da boca nem muro tinha) para não parecer que estava se escondendo, nem no meio da rua para não afrontar. O ganso (que é como se chamavam os viciados) conhecia as regras.

Cambaleava. Parecia alcoolizado. Mais um que passou da conta e ia dar um teco pra cortar a onda.

Mais um fudido.

— Adalberto taí? — Ele falou assim que chegou.

— Qual foi, viado? Quem é Adalberto?

Merru olhou do morrinho de grama onde ele estava sentado. Só sua mãe o chamava de Adalberto. Sua mãe e quem o conhecia há muito tempo.

— Merru. Merru, sou eu, o Bruno.

Estudaram juntos desde o jardim. Brincavam juntos, Merru adorava a torta de sardinha que a tia Gracinha fazia quando ele ia para lá. Torta de sardinha com Tang de laranja. Isso até Merru entrar no crime. Bruno tinha pai, tinha mãe. Tinha plano de saúde. Até videogame o Bruno teve. A única coisa que Merru teve foi a vontade de ter, e a carcaça maltratada.

— Segura aí, Quissamã, segura. O moleque é meu. — O maluco já estava com a mão na pistola, Metadinha se escondeu. — Que que tu tá fazendo aqui a essa hora, Bruno?

— Adalberto... Preciso da tua ajuda, cara.

— Ô, se adianta. Metadinha, vende pó pra esse viado aqui não. Nem pó, nem fumo, nem porra nenhuma.
Bruno sorriu.

— Tu sabe que eu nunca curti essas paradas, só um traçado de vez em quando e olhe lá.

— E pelo visto hoje tu abusou, né?
Bruno abriu os braços em gesto de rendição, e sorriu. Merru retribuiu o sorriso, e abraçou o amigo. Não foi só um gesto de

amizade e carinho, foi pra tirar ele dali, bandido adora uma fofoca.

— Como é que tá Tia Gracinha, Bruno?

Um pouco mais para frente da boca, tinha um terreno com um morrinho de diferença da rua. Quando Merru sentou, tirou o radinho e a pistola e colocou do lado. Se isso incomodou Bruno, ele não deixou transparecer.

— Tá bem, Beto. Ela sempre reza por você.

"Quando Jesus tocar teu coração você vai ver", dizia o Frieira.

— Ela ainda faz aquela torta de sardinha? Viado, eu matava um agora por um pedaço daquela torta...

Imediatamente Bruno olhou pra arma.

— Não, porra. É só maneira de falar. — Merru sorriu, meio sem graça. — Mas diz aí, o que é que você faz na boca a essa hora? Não fuma, não cheira, tá fazendo turismo no Jardim Catarina?

— Eu preciso da tua ajuda, Beto.

— E em que eu posso te ajudar, mano? Olha pra minha vida, cara.

— Eu preciso matar um cara.

Merru tirou o maço de Gift da bermuda cargo, puxou um cigarro amassado e acendeu. Deu o primeiro trago, soltou a fumaça e olhou para Bruno, que o encarava.

— Tu tá falando sério?

Bruno colocou a mão no ombro do amigo.

— Papo reto. Preciso da tua ajuda.

Com o canto do olho, Merru viu chegar alguém. Dois caras, brancos, com cheiro de shopping.

— Atividade, família!

Metadinha já tinha se adiantado, Quissamã veio na contenção. Tudo tranquilo, dois moleques de condomínio procurando pó. Compraram e saíram de cena sem alarde, como convém.

Bruno olhava para Merru. O olhar meio vidrado, parece que o ato de se sentar fez a onda da bebida bater mais forte.

— Então, Beto?

— Cara... — Merru suspirou. Lembrou da avó falando que os brancos não trabalhavam, pagavam para os pretos fazerem o trabalho sujo, e pagavam o mínimo que os deixasse fora da miséria.

Mas Bruno não era branco. Era preto, como ele. Cresceu no mesmo lugar, passou pelas mesmas experiências. Lembrou quando jogavam taco no meio da rua, as crianças correndo e batendo os tacos para comemorar o ponto, sorrindo. Sorriu também.

— Você está rindo, é um bom sinal.

— Bruno, presta atenção: vai pra casa. Vai pra casa, toma uma água com gás, passa ali na entrada e leva um podrão, sei lá. Tu tá bêbado, cara.

Bruno se levantou, com raiva.

— Bêbado é o caralho! Eu sei o que eu estou fazendo!

Merru viu Quissamã meter a mão na pistola, e fez sinal de que estava tudo sob controle.

— Senta aí, viado. Não dá show não, porra.

Bruno sentou, escondeu o rosto com as mãos e começou a chorar.

— Cara... Porra, Beto, eu só posso contar contigo, cara...

— Pra que, pra fazer merda? Eu já sou sujo mesmo, né? Bandido? Aí você não precisa se sujar.

Bruno colocou as duas mãos nos ombros do amigo, com os olhos arregalados.

— Não, cara. Não estou te pedindo pra matar ninguém não. Só me empresta uma arma, deixa que eu faço o serviço! Se der merda não vai dar nada pra você, cara, eu juro!

Merru tentou acalmar o amigo.

— E quem é esse cara que você quer tanto matar?

E Bruno falou. Tinha conhecido Lívia no primeiro período da faculdade. Saíam todo dia da Universo e bebiam na Trindade. Apaixonaram-se, como acontece. Enamoraram-se. Namoraram. A relação andou até certo ponto, mas empacava sempre que os carinhos se tornavam mais... íntimos.

Bruno não se importava tanto. Não era por isso que estava com Lívia. Ela era inteligente, bonita, cheirosa, ria de suas piadas e compartilhava de seus sonhos. Com o tempo, o rapaz começou a achar que o problema era ele.

— Não é que eu achava que ela não queria dar. Eu comecei a achar que ela não queria era dar PRA MIM! — Disse, batendo no peito, sob o olhar intrigado de Merru.

Porém, há menos de um mês, os dois estavam bebendo na varanda da casa de Bruno, Dona Gracinha já tinha ido dormir ("Minha mãe fez torta de sardinha naquele dia, mané", "Porra! Tinha que ter me chamado!"), e ela finalmente contou.

Lívia havia perdido o pai, ainda criança. Quase não tinha lembranças dele. Não demorou, sua mãe conheceu o Douglas, e demorou menos ainda para eles morarem juntos.

Desde então, Douglas abusava de Lívia.

— Caralho, viado! Que porra é essa?

— Isso mesmo, parceiro. Ela não conseguia ir além nas intimidades, tinha medo. Na cabeça dela, era a mesma coisa suja que o filho da puta do padrasto fazia com ela! E ainda é!

Bruno chorava. Merru enterrou os dedos na areia de raiva. Se o tal do Douglas aparecesse na frente dele agora ia dar merda.

Só que o seu amigo Bruno era outra coisa.

— Bruno... Se liga.

Chorando, o amigo olhou pra ele.

— Você, cara... Você não é pra isso. Não nasceu pra isso.

— E alguém nasce pra isso, Beto?

Merru respirou e calou fundo. Não, não nasce.

— Não interessa. Cara, você tá fazendo faculdade, tem plano de saúde, porra. Sempre teve!

Bruno sorriu, meio sem graça.

— Quantos moleques que cresceram com a gente tem isso? Você teve. Lembra do Peta? Do Quinado? Do Janela? Tudo morto, cara. Esse caminho aqui é só a morte, não tem diploma nem beijo de donzela no final.

— Eu quero é lutar pela donzela!

— Essa tua luta não tem vencedor, mano.

Merru olhou para o chão, impactado pelas próprias palavras.

— Mas cara...

— Mas cara porra nenhuma!

Merru levantou, puto. — Volta pra casa, pra tua torta de sardinha, pra tua faculdade! Aproveita a vida que você recebeu, viado! Tu não tá entendendo? Você é o melhor de nós!

Bruno nada falou, espantado com a explosão do amigo.

— Você é exemplo pros menor que crescem onde a gente cresceu, porra! Você acha que eu sou exemplo de quê? A maioria vem parar aqui, ou atrás do balcão. Você é o cara que fez faculdade, porra!

— Fiz não, estou fazend...

— Foda-se, já é mais do que a gente tem. Segue teu rumo, mete o pé, deixa a vida cuidar. Tu vai matar o cara e o quê? Vai pra Benfica, depois pra Bangu. E Tia Gracinha? E essa mina aí, a Lívia? Ela nem vai lembrar de tu, mano. Papo reto.

— Aí você já está passando dos limites, meu irmão. Bruno se levantou, e os dois ficaram cara a cara.

A arma no chão. O radinho. Quissamã, olhando a cena, pegou a arma.

— Mano, mete o pé. Sai daqui. Volta pra tua vida. Um gesto meu e você tomba aqui mesmo. Nem precisa ser eu. Tá vendo o Quissamã ali? Doido pra subir no conceito da firma. Pra você eu sou o Beto, mas pra ele tu tá encarando o chefe, e não vai pensar duas vezes antes de te encher de buraco.

Segundos que duram décadas depois, Bruno se afastou.

— Tu não vai me ajudar mesmo, né?

Merru sorriu.

— Eu já tô te ajudando, lek. Segue teu rumo. Faz o teu. Deixa que a gente aqui lida com a merda do mundo.

Bruno ia se virando para tomar o caminho para casa, mas voltou.

Merru não esperava um abraço tão forte.

— Te cuida, mano.

— Você também, Bruno. Manda um beijo pra Tia Gracinha.

Não demorou, a figura sumiu na escuridão.

Merru realmente preferia quando tinha lua. Se tivesse, teria mais tempo com o Bruno no campo de visão.

Não demorou uma semana e os amigos puderam se ver na luz, de longe. Trocaram um sorriso disfarçado. Adalberto sumiu.

Na alameda do cruzeiro do cemitério São Miguel, seguindo o cortejo fúnebre em torno do caixão de Douglas.

EU NÃO QUERIA ESTAR ALÍ

Dobrando plantão pra pagar a faculdade de Direito, os dois mais antigos dentro da viatura rindo de memes em seus respectivos celulares, e a melissinha aqui fora. Não entrei na polícia pra ficar mexendo em celular, muito menos tendo que rir de piadas machistas de grupos de zap, então saí pra fumar.

Barulho de escapamento, vindo da Água Mineral. Moto sem placa, dois moleques. Faz o quê? Nada. Pé direito apoiado na parede, cigarro na boca, puxo com tanta força que escuto o barulhinho do fumo estalando. Mão na pistola. Esse plantão aqui, parado na entrada do Engenho Pequeno, é mesmo o cu da cobra. Mas os moleques passaram de boa, sem tretas.

Melhor assim.

— Cabo Marluce, fica dando mole aí fora não, menina.

Odeio quando esses filhos da puta me chamam de "menina". Fiz a mesma prova, passei pelos mesmos processos seletivos e tenho notas melhores que a maioria deles. Esse Sargento Vaz é o pior deles. E ainda tem aquele bigode escroto que só ficava bem no Belchior pra guardar resto de café com leite no refeitório do batalhão.

— Tá tudo sob controle, chefia. Acabando o cigarro aqui e vou ligar pra minha mãe.

— Fica ligada nessas motos aí. Aqui dentro é mais seguro.

É sim, velha guarda, a bala atravessa essa viatura com a mesma facilidade de um palito de dente num cubinho de provolone. Eu ia responder, mas o Vaz já estava mostrando pro Camilo algum vídeo de Fake News e não estava mais dando atenção.

Não via a hora de terminar a faculdade pra fazer prova pra delegada. A farda, o batalhão, a fama. Tudo isso me incomodava demais. Queria ter autonomia, desvendar crimes, prender bandidos, não ser malvista até pelos meus vizinhos e parentes. "Minha filha, eu não durmo direito quando você está de plantão", dizia Dona Vânia toda vez. Ela merecia coisa melhor, principalmente depois da doença.

— Tia.

Instintivamente, levei a mão novamente à pistola. Com a outra, lancei a guimba no meio-fio.

Moleque devia ter no máximo 12 anos, mas o corpo era de 8, não tinha como saber. Camisa do Ben 10.

— Tia, me ajuda?

Passado o susto, vi que não oferecia perigo. Olhei em volta. Os postes daquele cruzamento funcionavam, muito devido à igreja que tinha ali. Mais ninguém.

— Tá fazendo o que na rua sozinho a essa hora, menó?

— Tia, tem um corpo ali. Eu tava brincando, e achei ele lá, ó, jogado num buraco atrás do pé de goiaba.

A voz era fraca, com medo. Era apenas uma criança, de camisa do Ben 10 e short de pano. Senti até vergonha de ter tido medo, merda de mentalidade racista entranhada que sempre faz com que a gente veja o pobre como ameaça, principalmente um moleque negro.

Mesmo sendo negra.

— Calma, menó. Qual teu nome?

— É Ryan, tia.

— Cadê tua mãe?

— Mamãe tá em casa. Tia, tem um corpo ali, tia. — Apontou para o terreno cheio de mato, a uns duzentos metros de onde a gente estava. — E ele tá bem machucado.

Olhei pra viatura: a cabeça do Vaz estava ligeiramente pendurada, já devia estar caturrando. Camilo olhava sem piscar para o celular, provavelmente vendo pornografia.

O terreno não era longe.

— Vamos lá, mostra pra tia.

A caminhada não durou muito. Pelo canto da rua a gente seguia, calçada não tinha.

— Você estuda onde, Ryan? — Nenhuma resposta, ele apenas seguia em direção ao terreno e apontava.

Chegamos, e ele entrou. Subiu o morretezinho e me esperou. Com a mão na pistola — já estava me arrependendo de não ter avisado aos companheiros, mas já estava aqui mesmo — subi com alguma dificuldade.

— Onde está o corpo, Ryan?

— Ali, tia.

Ele apontou para um murundu de mato, como se estivesse cobrindo alguma coisa. Peguei a pequena lanterna, e posicionei acima da pistola apontada, agora já sacada. Estava escuro, e eu não tinha visto nada até chegar perto.

O corpo de uma criança. Parecia dormir, as costas pra cima, o braço e a perna jogados para o lado. No fundo de um buraco de terra, no meio da touceira de capim navalha que o cobria, atrás do pé de goiaba. Vestindo uma camisa do Ben 10, e um short de pano.

— Meu Deus... De quem é esse corpo, Ryan?

Senti o toque de seus dedos gelados no meu cotovelo, mesmo através da grossa farda.

— Esse corpo é o meu, tia.

Quando olhei, ele não estava mais ao meu lado. Apenas deitado ali, no fundo do buraco.

Mordi o lábio com tanta força que só percebi quando coloquei a mão na boca e senti gosto de sangue.

Sangue e lágrimas.

CHEVETTE 1976

Roncava igual a um porco, a um carburador de Chevette 1976 furado. "Você é muito maduro pra sua idade", ele disse, e eu acreditei. Porco imundo. Se queria uma mulher, por que não arrumou uma? Alguma merda de prêmio de consolação eu era. Lavar, passar, cozinhar e sexo insatisfatório, preliminares protocolares com direito a virada pro lado no final, sem abraço — porém com aquele ronco maldito. "Eu tenho rinite", ele dizia, enfiando o vidrinho nojento de Neosoro dentro das imensas crateras nasais com pelos pra fora. Não acordava de madrugada para trepar, mas acordava pra enfiar aquela merda no nariz senão morria sufocado.

"Você tem certeza, meu filho?", minha mãe ainda disse. Àquela altura do campeonato o problema nem era eu ser gay, era ir morar com aquele velho seboso. Eu só queria sair dali, dos desejos frustrados de neto para a mãe e de comedor para o pai. O pai, o miserável que mais demorou a entender que eu não cabia nas expectativas burguesas de merda dele, um velho que comia as empregadas se valendo do poder do dinheiro, mas que não concebia que o filho dele fosse comido pelo poder do amor. "É só uma fase", ele já se consolava depois de um tempo, acreditando realmente que eu estava apenas me divertindo. Velho filho da puta — e olha que eu acabei nem me divertindo tanto, só trocando de velho.

"Vamos pra algum lugar?", "Não, estou cansado hoje", sempre cansado. É trabalho, é política, é futebol, sempre um motivo pra caber na formatação de marido. Se eu quisesse uma vida conjugal dentro dos parâmetros escrotos de meus avós, teria fingido ser hétero. Chegou, jantou ("Não tinha mais páprica picante?", ah páprica picante é o caralho) e deitou pra ver o jogo do Fluminense. Não terminei nem de lavar a louça e arrumar a cozinha e o homem já dormia.

Dormia não, roncava.

Como um porco.

Como o carburador de um Chevette 1976 – com o cano de descarga arrastando no asfalto largando faísca pra trás e a longarina rachada.

Antes de deitar, troquei o vidro de Neosoro em seu lado da cabeceira por um de superbonder.

Amanhã, ele não ronca mais.

GABBA GABBA HEY

Em algum momento eu soube seu nome, mas acho que desde sempre a chamei de Ramones. Ela era a cara da banda, aquela pele quase transparente, os cabelos negros como asfalto mole, escorrendo sobre ombros ossudos, olheiras e unhas negras, corpo esguio e desengonçado. Logo de cara pensei naqueles caras magrelos, e depois que a conheci melhor percebi que era um dos apelidos mais coerentes que eu havia achado para alguém. Tudo na vida pra ela era hey ho let's go, rock and roll na veia, destilados direto da garrafa e Hollywood vermelho, que tirava de um maço sempre amassado no bolso da frente. Tinha que esticar a calça pro cigarro sair, e acabava comprimindo a pouca barriga e descendo um pouco o cós da calça, mostrando sua cueca. Algodão, faixa com nome do fabricante, pelos dissidentes subindo em busca do umbigo.

Mas não se enganem pela minha descrição canhestra, baseada apenas em memórias afetivas: ela era gata. Seus olhos eram astutos, profundos, e transmitiam uma força que destoava de seu perfil quase andrógino. Seios, sim, nem tão pequenos quanto ela tentava apertar no top escondido sob a camisa preta do Iron Maiden com as mangas cortadas; apenas cabiam na mão e na boca.

— Acho suas mãos tão engraçadas – ela dizia coisas sem sentido assim enquanto estávamos na cama – seus dedos são longos e finos e ossudos, como patas de aranha! - e ria sem parar. Eu a achava linda assim, nua, de pernas cruzadas, ligeiramente encurvada, com as costelas marcadas na pele branca e as veias roxas. Ela então fazia uma meia ponte, e buscava o maço amassado de Hollywood na mesinha de cabeceira.

É, a gente trepava ocasionalmente e eu a continuava chamando de Ramones. Ela ria, dentes curtos, e achava legal quando eu a chamava assim - ela achava tudo legal. "Gabba gabba hey. Você tem leite condensado aqui nessa casa?", vasculhando os meus armários da cozinha. Andava só de calcinhas de pano para cima e para baixo, ancas largas de falsa magra, bunda tímida naquele excesso de algodão.

— A vida não tem sentido, cara, a gente fica rodando por aí até cair na cova rasa. É meio que uma roda de headbanger, entende? Você acredita que todos os personagens de Caverna do Dragão estão mortos, e o Vingador é o diabo? Vem, deixa eu chupar você mais um pouco – e assim seguíamos, suas falas desconexas, sua silhueta de espantalho, suas olheiras. Eu gostava da sua companhia, mas não estava a fim de relacionamento, Priscila tinha acabado de sair daquele apartamento deixando pra trás apenas o seu incômodo fantasma cheirando a poliflor de lavanda e eucalipto.

Nunca soube o que ela fazia da vida ou onde morava. Era um "alô" na madrugada, algumas long necks e o cinzeiro cheio de manhã vendo-a sumir no elevador. Minha vida então assumiu novas cores, eu parei com as roupas pretas e cerveja no gargalo, e Ramones teria sido apenas mais uma lembrança agradável (diferente do poliflor), se naquele dia ela não cruzasse novamente meu caminho.

— Você está tão diferente nesse jaleco – foi a primeira estúpida coisa que me veio à mente.

— Calma. Você perdeu muito sangue...

— Eu nunca imaginei que você estudasse Medicina.

— Não sou médica, sou enfermeira. E você também mudou – ela abriu um meio sorriso. - Algum telefone pra quem eu possa ligar?

— Não... Cadê os piercings?

— Não posso trabalhar de piercing. Você fez a tatuagem?

— Qual, a do grou? Não, não... Fiz um rato, na panturrilha. – Olhei para a minha perna e não vi o rato, apenas sangue escuro. O carro tinha dado três piruetas no ar antes de deslizar com o teto em uma chuva de faíscas na estrada. Cadê o rato? O rato era meu signo no horóscopo chinês, lembro de quando eu o fiz. – Cadê minha perna, Ramones?

— Não fala. – ela meteu uma seringa no meu braço, e a última coisa que sei que falei foi um "gabba gabba hey" meio engrolado.

— Bom dia, flor do dia.

Quarto asséptico, flores murchas na jarra, comida de hospital.

— Quanto tempo fiquei fora do ar?

— Dois dias. Você não tem mesmo pra quem a gente ligar? Entramos em contato com o plano, a transferência já pode ser feita.

— Transferência? Do que você tá falando?

— Você lembra do que aconteceu?

—Carro capotou, me fudi por completo.

— Isso. Daí você deu entrada na emergência aqui do hospital. Hospital público, né? Mas acho que hoje você dá um passeio de ambulância pra um quarto com ar condicionado e flores melhores do que essa.

Era outra Ramones, era a mesma Ramones que fumava aqueles cigarros amassados de calcinha de algodão mexendo no meu som.

— Você tá linda.

— Bom, não posso dizer o mesmo de você... Tua cara tá um lixo. Mas esses hematomas vão sumir, são decorrentes da pancada na cabeça. Qualquer porrada na cabeça causa esse extravasamento pra face. É normal.

— Você viu o rato?

— Que rato?

— O rato do meu signo, a tatuagem. A tatuagem na perna.

— Marília... – senti a perna coçar e levei a mão antes que ela falasse. – Nós tivemos que amputar a sua perna. Por isso você ficou esse tempo todo aqui.

Olhei pra baixo e vi. Onde deveria ter um morrinho sob o lençol, a partir do joelho, não tinha nada. Nem perna, nem panturrilha, nem rato.

— Tuas roupas estão ali na cadeira, eu levei pra minha casa, lavei e passei. No bolso detrás da calça tem meu cartão. Me liga.

Ela me deu um beijo perto da boca, ainda sem força pra proferir palavra alguma. "Gabba gabba hey, babe.", e foi saindo do quarto com aquela prancheta na mão. Linda, de jaleco.

— Hey! Qual o seu nome mesmo?

— Suzy. - e sorriu, acenando com cabeça. – Me liga depois que sua cabeça estiver de boa.

SOPA DE PERDAS

— Siri, onde fica o Bafo da Prainha?

Desfilavam pela calçada em uma alegre e colorida procissão, jovens corados buscando lugares onde pudessem acessar todas as benesses que o dinheiro podia pagar, até que viram Érica e Carlinhos, sentados no beiral da loja fechada, e esconderam os celulares. Mãe e filho, enrolados em trapos, estendendo suas mãos pra tentar colher parcas moedas, passando quase despercebidos em meio à paisagem urbana.

Ali era um bom lugar, os novos bares do Largo de São Francisco da Prainha atraíam pessoas dispostas a pagarem (caro) por uma experiência de boteco, sem serem confrontadas pelas mazelas sociais que tanto fingiam ignorar. Porém, entre o carro e o bar, seus olhos eram violados por outros humanos, quase parte da paisagem, e dar algumas moedas acabava sendo suficiente para proporcionar algum conforto.

Érica havia conquistado o ponto de esmolas. Mato Grosso, o líder da ocupação, tinha grande simpatia por ela – e não era só isso, como Érica descobriu depois, ao solicitar aquela calçada–, até brincava com o Carlinhos. O menino tinha 8 anos, mas parecia bem mais novo, custando a crescer.

Era um pouco mais que um bebê quando chegaram ali. Em casa, Érica percebia que as surras só aumentavam e teve medo de morrer. Quem criaria seu filho? Pegou Carlinhos e foi para rua, colocando a Baía de Guanabara entre eles e o maldito abusador. Não conseguia trabalhar, as patroas não aceitavam que ela levasse a criança.

Em um atípico dia de sorte, encontrou uma mais idosa que a levou pra ocupação Mestre Onça Preta. "Somos muitos lá, mas pelo menos não ficamos na rua, menina". O prédio abandonado na região portuária era abrigo e refúgio desde então, mas Érica dormia com um olho aberto. Quando Carlinhos estivesse maiorzinho, conseguiria trabalho, mas, por enquanto, eram apenas eles dois, pensava enquanto carregava a tiracolo a bolsa de lona onde guardava o que conseguia angariar nas ruas.

Ao anoitecer, voltaram pro prédio. Conseguiram comida — quentinhas, sobras — e alguns trocados, que Érica guardaria pra comprar uma bermuda bonita pro menino ir pra escola.

Subiram as escadas até o décimo andar, onde ficava seu lar de dois metros quadrados, um amontoado de papelão, roupas conseguidas em doações e um velho edredom que servia pra mãe e filho nas noites mais frias. Os corredores escuros, o cheiro dos fogareiros. Muitas famílias ali, Mato Grosso proibia o uso de crack, mas era normal o cheiro de maconha, querosene e cachaça.

A noite estava fresca, e Érica se deitou sobre o edredom, agasalhando o pequeno com o próprio corpo. Ele brincava com um pedaço de papelão onde tinha desenhado um celular, como se jogasse em um aplicativo. Nessa hora, a mulher apertou os olhos com força, não gostava de chorar com o Carlinhos ainda acordado. Adormeceu assim, pálpebras queimando, pensando que um dia aquilo tudo ia passar, e torcendo pra que naquela noite Mato Grosso não viesse procurá-la. Acordou com Carlinhos se mexendo, cotovelos, joelhada.

— O que é, meu filho?

— Tá coçando, mãe. Tá coçando muito.

— Vai passar, meu filho. Dorme que passa, deve ter sido mosquito.

— Não passa, não, mãe. Me desculpa?

Érica acendeu a vela pra ver melhor onde o menino coçava. Partia seu coração quando ele pedia desculpa, nada naquela vida de merda era culpa dele. Puxou a mão da criança, que não parava de coçar, olhou a perna.

Gritou pra dentro, colocando a mão na boca.

Onde as pequenas unhas arranhavam, não havia mais pele. A pele negra em volta parecia um lençol fino e puído, que se rasgava ao toque. Mas a ferida não era o que Érica esperava. Não tinha carne e, apesar da superfície avermelhada, não tinha sangue. Era uma casca.

— T-tá doendo, meu filho?

— Não, mãe. Só coça muito.

Uma carapaça dura, lisa, que brilhava à luz da vela.

— Não coça mais não, Carlinhos. Vem, abraça mamãe, vamos dormir.

O acalanto o fez adormecer. Através das tábuas pregadas nos buracos que deveriam ter sido janelas, Érica viu o céu se acinzentar lentamente, chegando a um branco-fosco que logo deu lugar aos primeiros raios de sol.

Saiu do enrosco devagar, pra não despertar Carlinhos. No sétimo andar, Dona Guará fazia café pra todo mundo, bem baratinho. Pelo menos não preciso esmolar, minha filha, ela dizia. Dona Guará fazia uma sopa coletiva toda noite também, mas Érica não era fã do coentro em excesso que a velha usava. Preferia as sobras da Casa Porto, um outro bar que ficava ali perto. Quando o dia era bom, até comprava alguma guloseima pra agradar ao filho.

Quando voltou, o menino estava sentado, esfregando os olhos.

— Mamãe trouxe café, quer? A gente come com aquele bolinho que estava ontem na quentinha que o moço deu.

— Mamãe. Olha isso.

Érica olhou. Quase toda a canela e a lateral da perna de Carlinhos agora eram uma casca. A pele se desfazia.

— Parece caranguejo, né, mamãe? Igual ao desenho do Bob Esponja?

E parecia mesmo. O próprio formato da perna começava a se modificar, sob os restos de carne e pele que ainda resistiam.

— Dói, nêgo?

— Não. Só coça um cadinho em volta.

A manhã se arrastou em angústia. Érica geralmente levava Carlinhos através das principais avenidas da cidade, sempre dava pra conseguir alguma coisa, ainda mais na companhia de uma criança. Percebeu que o garoto mancava ao descer as escadas.

— Você falou que não estava doendo.

— Não tá, mamãe. Mas parece sem força, sei lá.

Nem precisava da intuição materna para saber que era mentira. Ele pisava e os músculos de seu rosto se enrijeciam; não queria ser mais pesado, não queria dizer que sentia dor. Ficou sentado na calçada o dia inteiro, até pra comer. Érica pedia dinheiro perto de um restaurante de executivos, sempre sobrava alguma coisa. Comiam com voracidade o que restou no prato de quem escolhia o que não comer todos os dias. Deve ser bom viver assim, ela pensava. Mesmo quando morava na casa do Falecido (ainda vivo, infelizmente), não conhecera fartura. Ou antes disso. Reclamar pra quem? Vida que segue, sempre em busca da próxima refeição.

Subiram as escadas com Carlinhos no colo. "Esse menino não tá grande pra andar no colo não?", perguntou Mato Grosso, e Érica ignorou. "Se estiver doente tem que ir pro hospital, quero ninguém passando mais doença aqui não". O sorriso de Érica se transformou em um muxoxo assim que viu o homem pelas costas. "Filho da puta", disse, entredentes.

— Mamãe...
— Desculpa, meu filho.
— Não é isso não, mamãe. Meu pé. Olha.

O tênis estava pendurado, no final da canela, balançando. Érica adiantou o passo. Quando chegou no murundu que chamava de cafofo, viu que o pé do menino tinha simplesmente caído. Descolado, seguro apenas pela meia. O final da perna era uma garra, uma unha pontuda como as patas traseiras de um crustáceo.

Érica mordeu o lábio inferior até sentir o gosto de ferrugem adocicada.

— Mãe, o que tá acontecendo? Eu tô virando bicho? Desculpa, mãe, desculpa... Eu não queria... — com a cabeça afundada no colo da mãe, ele chorava, soluçava, se desculpava. Dessa vez, a mulher não conseguiu mais segurar, tantos anos na rua, tanta humilhação pra criar a criança longe do mal, agora brotavam turvos de suas vistas como uma infiltração.

Não demorou, enxugou os olhos com as costas da mão e respirou fundo. Pegou um biscoito da vaquinha de dentro da bolsa de lona e deu pro menino. Era o que as moedas daquele dia conseguiram comprar.

— Toma, meu filho, come alguma coisa antes de dormir.
— E você, mamãe? Não vai comer? Você adora biscoito da vaquinha!
— Mamãe não tá com fome, amor. Pode comer.

Quando Carlinhos dormiu, Érica foi buscar a sopa. O dinheiro do dia, tirando o do biscoito, mal tinha dado pra pagar a diária. Avançou entre os outros moradores e chegou na grande panela onde a Dona Guará mexia com um remo de madeira.

— Tá cada dia mais difícil, moça. — Disse Dona Guará enquanto enchia as cumbucas. — Esse patife do Mato Grosso quer cobrar a mais da gente, diz que eu tô ficando rica, vê se pode? O que eu não vendo, eu dou pra quem está mais lascado, você sabe disso. E cada dia falta mais... Não ter carne já é normal, mas ontem não tinha nem legume.

"Sim, sim", Érica apenas acenava com a cabeça. Hoje era o dia dela não poder pagar, e o mínimo que podia fazer era ouvir as lamúrias da velha. Bebeu a sopa em um canto ali mesmo, em silêncio, não queria acordar o menino.

— Princesa. — a voz de Mato Grosso já fazia o estômago de Érica se retorcer. Ele chamava todas as mulheres da Mestre Onça Preta de princesa. Bom, todas não. — O menino tá bem?

— Tá sim, Mato Grosso. Ele só machucou o pé.

— Bom saber. Na idade dele, ele já podia estar ajudando a gente. Pegando uns legume na feira, umas bandeja de carne no mercado...

Érica mirou fixamente a cara de Mato Grosso e apertou os lábios, sentindo a dor da mordida anterior.

— Meu filho não é ladrão.

— Ninguém é, né? Ninguém é ladrão... — o homem corpulento sorriu. — Mas ele podia pedir. Na idade dele eu já sabia as manha.

Érica olhou pra sopa rala, de um amarelo fugitivo, e sentiu nojo. Mato Grosso não se interessava por nada que não fosse vantajoso, e esse puxar papo sempre era mau agouro.

— Depois passa lá no meu canto pra gente conversar.

Você tá pagando ainda por uma pessoa só, o menino tá crescendo, a gente precisa resolver isso. — Foram as palavras de que Érica se lembrou enquanto vomitava toda a sopa, mais tarde.

Os dias foram passando, sem explicação ou segunda via autenticada. Das pernas de Carlinhos já desciam carapaças desde a cintura, e Érica tinha que amarrar os tênis e as meias pra não dar na pinta. Com os braços, foi mais difícil.

A coceira começou como na perna, na altura do ombro, e foi descendo. A mão não caiu, mas os dedos iam se colando, o polegar abrindo um ângulo maior. Érica descia e subia os dez andares de escada todos os dias com o menino no colo, todo agasalhado, escondendo as imperfeições. Conseguia mais esmolas, até, com a criança enfaixada. Queria juntar dinheiro pra sair logo dali. Mas aquilo avançava.

— Mamãe, não estou enxergando direito. — Carlinhos falou enquanto tentava segurar o copo de café. Com a outra mão, já uma garra, atravessava o pão.

— Como assim, meu filho?

— Não sei, tem horas que parece que tem uma toalha vermelha na frente. Mas o pior é que nessas horas é daqui que eu enxergo, ó.

Ele apontou pro peito mirrado. Érica abaixou a gola da camisa, passou a mão onde o menino havia indicado. Sentiu a carapaça por debaixo da pele, mas sentiu também uma depressão, uma vala. E duas coisas que pareciam bastões.

Olhos de caranguejo.

— Vai melhorar, meu filho. Mamãe amanhã te leva na upa, a gente precisa ainda arranjar dinheiro pra pagar umas três diárias adiantado, aí mamãe leva, tá bom?

— Tá bom, mamãe. Mas não precisa me levar pelas escadas não. Eu desço sozinho.

— Não precisa, filho. Mamãe leva.

— Desculpa, mamãe. Eu tô até comendo menos biscoito, pra ver se eu fico mais leve pra você.

Érica respirou fundo, e sentiu o ar passar por um quebra-molas em sua garganta.

— Não, meu filho. Faz o seguinte? Pode ficar aqui hoje. Mamãe vai sozinha.

E desceu as escadas. Precisava arranjar o dinheiro, tinha que levar o menino no médico. Onde já se viu, uma pessoa virar caranguejo? Nunca tinha ouvido falar, mas talvez tivesse algum jeito de reverter, sei lá.

Passou o dia na rua, não parou em lugar. Tinha um método de abordagem, só de olhar ela sabia quem daria dinheiro ou não, quase nunca errava. Demorou até um pouco depois do entardecer, mas conseguiu o bastante pra pagar a semana. Ia levar o menino no médico, tentar achar uma cura, pegar o ônibus pra Magé e deixá-lo com a avó, melhor do que ficar nesse chiqueiro.

Subiu as escadas correndo. Quando passou pelo sétimo andar, o cheiro da sopa fez o estômago de Érica se contorcer, quase em câimbra, despertando a lembrança de que não tinha comido nada o dia inteiro. Nem o cheiro de coentro a desanimou, mas primeiro tinha que ver como estava Carlinhos. Era o último dia deles na Mestre Onça Preta, graças a Deus. Estava doida pra dar a notícia.

— Carlinhos! Cadê meu filho?! Carlinhos! — No canto onde dormiam, apenas o amontoado de roupas, o edredom sujo, e um pedaço de couro estranho. Com cabelos. Ela olhava em volta e chamava pelo filho, mas as outras pessoas não a encaravam, enfiavam as caras nas suas tigelas de sopa.

A sopa.

Érica desceu correndo as escadas, quase não sentindo os degraus, até o sétimo andar. Em volta do caldeirão, os moradores da ocupação sorriam e se serviam.

— Dona Guará!

Mas a velha se afastou, envergonhada, sem olhar pra ela.

— Ora, ora! Uma salva de palmas pra Dona Érica aqui!

A voz de Mato Grosso foi seguida por efusivos aplausos.

— Mato Grosso... O que você...?

O homem corpulento agarrou seu braço e falou, quase em sussurro, com o sorriso congelado no rosto.

— Então você estava escondendo o jogo, hein? Que lagostão esquisito era esse que você tava criando? Quase fugiu o bicho, mas eu peguei ele. E cadê o teu menino?

Com um puxão, Érica se desvencilhou. Correu até o caldeirão, com medo de estar errada.

Não estava.

No caldo que borbulhava, pedaços de cebola e coentro se revezavam com nacos grandes de cascas vermelhas, como uma grande sopa de siri. Dois bastões boiavam, como se olhassem pra fora e pedissem socorro. Olhos de caranguejo.

A NOITE DO HUMANO

O ocaso da luz do dia trazia mais pernas para as calçadas. Pernas brancas, pretas, amarelas, como dizia o poeta. Calças jeans, calças esportivas, meias-calças, pernas peludas, pernas lisas.

— Sai, vira-lata!

Cajuzinho deu um pulo de lado e escapou daquela perna sebosa. Os humanos, que tinham passado o dia preso dentro das grandes caixas cinzas de concreto, voltavam apressados para suas casas, para seus familiares e pratos de comida quente.

"Casa", Cajuzinho lembrou que já teve uma, e era até bom. Mas viver na rua era muito maior.

— Fala, Caju! Beleza, mano?

Pirata, um vira-lata preto e branco e cego de um olho, já estava a postos. Naquele estacionamento do Habib's do Mutondo sempre sobrava alguma coisa; um quibe mordido pela metade, uma esfirra velha.

— Tranquilo, Pirata. Cadê o resto da galera?

— Devem estar chegando. Olha a Princesa aí. Fiu fiu, hein? Parece até uma gata!

Princesa avançou pra cima de Pirata.

— Sai daí, Pirata. Que gata que nada, quer me aborrecer já cedo?

— Ih, tava te elogiando, cara.

Princesa fazia jus ao nome. Era vira-lata também, mas dava pra perceber alguma coisa de Cocker Spaniel em seu pelo e orelhas longas. Chegaram ainda Baixinho, Anitta e Ralf. A gangue estava quase completa.

Do estacionamento do Habib's, foram andando para a Trindade, para os trailers perto da faculdade, sempre tinha alguém com pena dos cachorros de rua para jogar algum petisco. Separados, claro, pra não dar na pinta.

Foi quando Cajuzinho viu Preto.

— Ih, rapaziada! Olha quem tá aqui!

Preto chegou meio tímido, a galera se afastou dos trailers e foi para o terreno baldio.

— Tudo bem, pessoal?

— Caramba, Preto. Quanto tempo, cara. A gente achou que você tivesse sido adotado, sei lá. — Pirata parecia não acreditar na volta do amigo.

— Então... Aconteceu uma parada...

— Você foi atropelado? Tá magro, hein? Como é que você tá se virando?

— Aqui e ali, Princesa. Como sempre.

— Preto, tu perdeu até o cio da Anitta, cara! Dessa vez, não teve nenhum pretinho na ninhada! — Ralf parecia o cachorro do Bart Simpson, o Ajudante de Papai Noel, só que era cinza e não parava de pular.

— Shiu! Fala isso não, cara. Ela ainda está triste porque doaram todos os filhotes.

Anitta lambeu a pata dianteira, colocou o rabo entre as pernas pra sentar e abaixou a cabeça, olhando para o chão.

— Eu tenho uma parada pra contar pra vocês, e preciso da sua ajuda.

— Desembucha, vira-lata. Tamo aqui pra isso.

— Isso mesmo, Caju. — Pirata deu uma focinhada amistosa no pescoço de Preto. — E a gente é gato, por acaso? É nós, cachorrada!

Todos latiram ao mesmo tempo. Menos Preto.

— Bagulho é sério, não pode ser aqui. Vamos lá pro campo.

O campinho de terra batida. Durante o dia, era só um emaranhado de pernas de moleques correndo atrás da bola. De noite, era dos cães. Não tinha iluminação, não tinha nada, não dava para humanos brincarem ali, mesmo em noite de lua cheia.

— Caras, nem sei por onde começar.

— Pelo começo, Preto. A gente tá aqui pra te ajudar.

— Tem uns três meses... Eu tava ali perambulando pelos lados do Jardim Catarina, sabe? Ali na entrada mesmo, perto do campo da rua 10. Aí eu senti um cheiro estranho, um cheiro de cachorro que eu não conhecia, junto com cheiro de carne crua. Fui atrás. Chegando lá, encontrei o bicho.

— Era um cachorro novo na área?

— Não, Baixinho. Era um troço estranho, sei lá. E comia algum outro bicho que eu não consegui identificar. Lati pra chamar sua atenção, para me apresentar. Ele levantou a cabeça da carniça e rosnou.

— Que marra, hein? Quando for assim...

— Tô ligado, Pirata. Mas você sabe que não sou de briga, só queria me apresentar, ver se ele era legal pra andar com a gente. Depois que a gente perdeu o Sargentinho, o grupo tá reduzido, né?

— Pobre Sargentinho... — disse Anitta.

— Eu olhei bem pra ele. Era estranho. Não era cachorro... Parecia um humano disfarçado, sei lá. A boca estava cheia de sangue, não sei o que ele estava comendo, mas tinha matado agora.

— Caraca! E você?

— Meti o pé, né? Bom, pelo menos tentei. Ele correu pra cima de mim, e eu senti os dentes se cravando aqui na pata traseira, ó. — e mostrou a cicatriz.

— Mas agora você está bem?

— Mais ou menos... Logo depois disso é que ficou estranho.

Uma claridade baça começava a iluminar o campinho e a cachorrada. Era a lua saindo.

— Passou um tempo... Um mês, quase, eu me senti mal, como se tivesse comido alguma coisa estragada. Comi mato, vomitei, não adiantou. Daí a lua cheia apareceu, e aconteceu a coisa mais estranha.

— O que aconteceu, Preto?

— Por isso que eu preciso de vocês. Eu não sei. — A lua cheia inundou o campinho de luz prateada. — Porque vai acontecer de novo.

Preto se encolheu, como se estivesse com cólicas. Abriu a boca para uivar, mas o que saiu foi algo diferente... um grito.

A cachorrada se agitou, rodando em círculos e latindo. Ralf pulava mais do que nunca. Preto, no meio, se encolhia e chorava. De repente, suas patas se esticaram mais do que o normal, crescendo. Sua pelagem rala ia sumindo, mostrando só o couro.

As patas traseiras foram aumentando de tamanho, e o final delas ficava mais chato. As dianteiras também, e os dedos se esticavam. A cabeça, com seu focinho fino, começava a inchar e se arredondar. Preto se encolhia e chorava, mas não conseguia conter a transformação.

Princesa quis correr. Cajuzinho olhava, de boca aberta e arfando. Pirata latia. Baixinho escondia a cara com as patas dianteiras. Quando a lua já estava a um terço do topo do céu, eles perceberam.

Preto tinha virado um menino. Um menino de pele também preta, com pelos apenas no topo da cabeça. Parecia ter uns 9 anos de humano.
Todos latiram ao mesmo tempo, em desespero.

— Caramba, Preto! Que é isso, rapaz?

— Você virou um deles!

O menino se levantou. Estava nu. Sua pele brilhava com a luz da lua.

Começou a falar e a gesticular, meio desengonçado.

— Cachorrada, é isso. Foi isso que me aconteceu. É a terceira vez, sempre em noite de lua cheia.

Mas os cachorros apenas latiam, e Preto não entendia. Ele falava, e sua matilha também não entendia. Era apenas uma criança tentando se comunicar com seis cachorros, que latiam e rosnavam com urgência.

— Galera, é sério. Não sei o que fazer.

Anitta se aproximou e cheirou a perna do menino, que se assustou.

— É o Preto, gente. É o cheiro do Preto.

— Mas ele agora é um menino! Quanto tempo até bater na gente?

— Calma, cachorrada. Se Anitta diz que é o Preto, é o Preto. O menino não entendia nada.

— Caras, o que foi? Eu não entendo mais o latido de vocês!

— O que ele está falando, não entendo nada! Não entendo nada! — disse Ralf, saltando.

— Vamos espantar ele daqui! — Pirata rosnou.

Preto se abaixou, e deu as costas da mão, demonstrando não oferecer perigo para os amigos.

— Gente, sou eu. O Preto. Me ajuda, não me deixa sozinho. Amanhã de manhã isso passa. Por favor.

Cajuzinho olhou ressabiado, mas se aproximou. Cheirou as costas da mão do menino.

— Gente, é o Preto mesmo. Ele precisa da gente. E se tudo for como ele contou, quando a lua for embora, ele volta a ser cachorro, não é?

— Sei não...

— Ah, Pirata. Deixa de onda. O Preto é nosso amigo. E a gente é gato, pra abandonar um amigo?

Cajuzinho então abanou o rabo e latiu, de forma amigável. O menino abriu os braços, e cachorro saltou para seu colo. Os outros então foram se chegando, devagar. O menino agora sorria, enquanto lágrimas desciam pelo seu rosto sem pelos.

— Meus amigos... Que bom que posso contar com vocês...

E até que o dia amanhecesse, quem olhasse para o campinho veria apenas um menino pelado, correndo e brincando com os vira-latas da rua.

UM TRISTE FADO

Do alto de seus oito anos de vida, Bernardo nunca tinha visto nada tão belo. Nem o bolo do aniversário daquele ano, coberto de glacê branco e enfeitado com meias-luas de pêssego em calda (uma iguaria que o Bê só via em aniversários), nem mesmo a flâmula do Figueira que o irmão de sua mãe levava no barco. Nada se comparava à moça da praia.

Ela estava sentada na pedra que só aparece nas marés baixas da lua nova, no final da enseada da Armação da Piedade. O sol já ia embora, o futebol dos guris tinha acabado; Bernardo havia decidido tomar um banho de mar antes de ir pra casa, quando seus olhos se encantaram. Era diferente de qualquer pessoa que já tivesse visto. Pele branca, muito branca, cabelos quase brancos também de tão amarelos. Amarelos como os olhos. Sem abrir os lábios, murmurava uma canção que pareceu muito triste ao menino, uma música que, mesmo sem palavras, deixava transparecer uma profunda solidão.

Bernardo foi chegando perto, sem conseguir controlar as pernas. Queria ver mais de perto, queria saber porque aquela moça estava sem camisa, por que penteava os cabelos molhando-os com a água do mar e por que cantava uma música tão triste.

— Moça.

Ela se virou, e piscou. Devia ter achado que estava sozinha, e se assustou. Entrou na água, com a velocidade de um robalo que foge da rede.

Bernardo correu ainda para a pedra, e não viu mais a moça que penteava os cabelos. Mas esperou.

A noite finalmente cobriu de sombras a enseada. "Uma hora ela tem que sair debaixo d'água", o menino pensava. Mas ela não saiu, não naquele dia, não em um lugar que ele pudesse ver, e então Bernardo foi pra casa, frustrado, sem contar pra ninguém que tinha visto uma moça penteando os cabelos na praia e que tinha sido a coisa mais bonita que já tinha visto na vida.

Ele poderia tê-la esquecido com o passar dos anos, mas o esquecimento era uma dádiva que Bernardo não tinha recebido. Cada vez que ia à Praia da Armação da Piedade, olhava para a pedra e suspirava.

A praia tinha um trapiche, um pequeno cais que avançava para o mar, local de atracação de barcos turísticos. Alguns eram caracterizados como navios-piratas, outros apenas iates de luxo. A enseada era um porto protegido da baía da Quinta dos Ganchos, entre o continente e a ilha de Santa Catarina, nome dado por Francisco Dias Velho, hoje conhecida como Florianópolis. Os habitantes mais antigos contam que piratas se escondiam ali das tempestades e da fiscalização da Coroa portuguesa, inclusive com várias lendas de tesouros enterrados, o que atraía centenas de turistas para a região. Além da beleza de suas praias, claro.

Quando Bê chegou à adolescência, um dos ritos de passagem era pular do trapiche, à noite. Bernardo morria de medo das águas escuras da baía, mas não podia evitar ser confrontado pelos amigos. Depois de uma sessão de violão e vinho barato no crepúsculo, chegou o dia — ou a noite, sem lua. "Vamos, vamos!", gritavam todos, meninos e meninas, correndo e tirando as roupas. Estava frio, e o bando trajando apenas roupas íntimas se encolhia e se incentivava mutuamente à beira do trapiche.

Miguel, Gui e Matheus, seus amigos mais corajosos, pularam, espalhando água para tudo o que é lado. As meninas riam, entretidas.

— Pula, Bê! — disse Ana Clara. Ela vestia apenas calcinha e sutiã, e abraçava a barriga, com frio.

Bernardo não queria admitir que estava se borrando de medo daquelas águas escuras. Ana Clara era sua paixonite das quermesses da capela de Nossa Senhora da Piedade, primeira igreja edificada de Santa Catarina e ponto turístico que dava nome à Armação.

Os amigos já voltavam, pela escada de quebra-peito, prontos para fazer troça de Bernardo, como sempre faziam, os patifes. Bê então fez um muxoxo, olhou para a água, olhou para Ana Clara — que sorria — e pulou.

Por um momento, parecia que tinham apagado a luz do mundo, além do ar. Após o impacto desajeitado e ruidoso, Bernardo foi envolvido pela massa de água escura, afundando. Mesmo com os olhos abertos, não conseguia ver luz ou sombra. No seu desespero, nadou na direção errada, achando que ia para a superfície, até sua mão bater no fundo lodoso.

Com o susto, puxou um ar que não estava ali, e só veio água. O menino se debatia, se arranhava, mas não conseguia sair do fundo, ou sequer ouvir os gritos dos amigos. Pequenas estrelas começaram a pipocar em sua vista, e ele percebeu que logo perderia a consciência.

Foi quando sentiu uma boca colar na sua, e encher seus pulmões de ar. Dois braços fortes e escorregadios o envolveram, e ele sentiu a água passando pelo seu corpo, revelando que se deslocava em velocidade. A sua boca continuava recebendo oxigênio de outra boca, e quando abriu os olhos, foi como se dois sóis amarelos iluminassem a sua visão.

Seu primeiro instinto foi o do desmaio. Mas lembrou daquela tarde, depois do futebol. Da pedra exposta na maré rasa de uma noite de lua nova, e soube o que estava acontecendo, porque não tinha se afogado.

Sabia quem era a sua salvadora.

Não demorou para que chegassem ao local do primeiro encontro, a tal da pedra. Bernardo foi jogado com violência, de costas, e puxou o ar noturno com sofreguidão. De onde estavam, ele conseguia ver o trapiche, com os amigos pequenininhos. Daí ele virou a cabeça, e ela estava sentada ao seu lado. Cabelos amarelos, descendo pelos ombros e sobre os seios, deixando entrever os mamilos e auréolas vermelho-escuros, quase marrons. Um rosto triangular, que descia e se fechava em um queixo fino, emoldurados por uma penugem loira que descia até a altura do nariz — também fino. A boca quase sem lábios sorria, em meia-lua. Os olhos amarelos estavam fixos nele.

— Quem é você?

— Meu nome, você quer dizer?

A voz da moça vinha direto para a mente, diferente dos sons que saíam da boca. Era uma mistura de ronco de baiacu e ondas lambendo a costa, mas Bernardo entendia, sentindo até um tom carinhoso nas palavras.

— Sim, moça. Seu nome. Olha, eu me chamo Bernardo, e meus amigos...

— Domingas. Esse foi o nome que me deram e que eu mais gostei.

Uma sombra passou nos olhos amarelos, e o sorriso vacilou por um instante, voltando à meia-lua.

Bernardo, agora respirando sem dificuldade (até suspirando), não sabia o que dizer. Os ombros nus da moça desciam para um colo de seios pequenos, barriga nua e... estranho.

— Moça... Você é... É uma...

— Sereia? Também já fui chamada assim.

A partir da cintura a pele mudava de aparência e consistência, era tomada por escamas esverdeadas, esmeraldinas. Escamas que brilharam, se tivessem lua.

Diante da cara de espanto do rapaz, Domingas sorriu.

— Podes tocar, se quiser.

E ele tocou. Tateou pela pele macia da cintura para as ancas que se projetavam cobertas de escamas. Parecia o dourado de 23 quilos que o irmão da mãe tinha pegado uma vez.

Domingas sorriu novamente.

O coração de Bernardo era água.

— Aquela vez que eu te vi...

— Tu eras muito jovem, por isso eu fugi. Mas venho te observando de longe. Ainda bem, né? Se eu não estivesse ali no trapiche...

A voz tinha um sotaque que Bernardo não sabia reconhecer. Era brasileiro, mas também não era brasileiro.

— E por que você nunca falou comigo? — disse Bê, sentando-se na pedra.

— Já te disse, tu eras muito jovem. E eu não queria falar contigo, nem hoje. Mas não podia te deixar morrer. — que soou como "murrer", aos ouvidos do rapaz.

— Eu fiz alguma coisa errada?

Domingas fez uma expressão enigmática.

— Não, eu fiz. Vós sempre se confundis conosco. Tu não deverias ter me visto, e eu... Bom, eu não deveria ter olhado para ti.

A moça abaixou a cabeça, e passou a mão esquerda nos cabelos loiros, como fosse um cacoete. Bernardo, confuso, via chegarem mais pessoas ao longe, no trapiche.

— Você sempre morou aqui? Quantos anos você tem?

— Muitas perguntas. — Ela voltou a sorrir. — Eu tenho... muitos anos. Nós vivemos mais tempo do que vós. E eu vim pra cá há muito tempo. Não tinha nada disso aqui.

E Domingas então contou para Bernardo a sua história. Tinha se apaixonado por Diogo, capitão do "Donzela Audaz", navio-pirata que tinha como sede o arquipélago dos Açores, ficando escondido entre a Ilha do Faial e a Ilha do Pico. Um dia o "Donzela" partiu em busca do novo mundo, e Domingas seguiu a nau, vindo parar na Enseada.

— E quando foi isso?

— Não sei. Duzentos, trezentos anos. Não contamos o tempo da mesma maneira. Meu amado Diogo queria largar a pirataria, e encontrou um porto seguro aqui na enseada. Muito açorianos se estabeleceram aqui, e Diogo, comprando a parte dos que queriam continuar na pirataria, transformou o "Donzela Audaz" em um navio baleeiro. Era para cá que arrastavam as baleias mortas, e delas extraiam o sustento. Com a minha ajuda, claro.

Bernardo lembrava de ter estudado alguma coisa sobre isso, de como ali já havia sido a segunda economia do Brasil Colonial, exportando óleo da baleia para portos como Londres, Lisboa e Boston.

No século XVIII.

— E como morreu o Capitão Diogo?

Domingas olhou na direção do trapiche, e viu as luzes azuis e vermelhas.

— É melhor tu voltares para junto dos teus.

Bernardo também viu, quase com tristeza, que seus amigos agora tinham o auxílio das forças policiais em sua busca.

Ele tomou coragem, e colocou a mão no rosto de Domingas, que sorriu, quase vexada.

— Desde o dia em que te vi pela primeira vez, eu sonho com esse momento, de poder dizer pra você exatamente o que eu vou dizer agora: você é a coisa mais bonita que eu já vi.

Ela sorriu, desta vez um sorriso diferente.

— Eu tinha 8 anos, e nada mudou.

O sorriso de Domingas se expandiu, e Bernardo pôde ver seus dentes pela primeira vez. Pontudos e virados para o fundo da garganta, como um tubarão. Ela se adiantou e beijou a boca do rapaz, que não ofereceu resistência. O beijo tinha gosto de peixe cru, fresco, e cheiro de maresia.

Bernardo ainda estava de olhos fechados quando sentiu o tranco. Mais uma vez, ela tinha envolvido o rapaz com os braços e mergulhado na água, nadando velozmente. Ele ainda recebeu alguma água salgada pelo nariz, mas foi rápido. Logo eles estavam na beira da praia, onde dava pé.

— E como eu te vejo de novo?

— Não vê. Eu vou te amar de longe, e você terá que fazer o mesmo. Sempre estarei por perto a te proteger, não te preocupes.

— Então foi isso que aconteceu com o Diogo?

Domingas pareceu ignorar.

— Viva a tua vida, Bernardo. E quando finalmente te cansares dela, venha me procurar. Eu te darei repouso, e um amor que poucos conheceram.

— Mas não pode ser agora? — Disse, quase choramingando.

— Não. — Domingas piscou, e os olhos amarelos faiscaram na noite sem lua. — Tu ainda tens toda uma vida pela frente.

E sumiu, de volta ao mar.

Bernardo cambaleou de volta ao trapiche, onde viaturas de polícia, bombeiros e da capitania colhiam depoimentos e pistas. Nunca falou nada sobre as horas (horas!) que tinha ficado desaparecido, apenas foi recebido de braços abertos pela comunidade da pequena Armação da Piedade. Com o tempo, sua história deixou de ser novidade, e foi deixado em paz. De vez em quando ainda aparecia algum repórter, investigando a história do menino que sumiu no mar, mas o interesse foi rareando até sumir.

Bernardo terminou os estudos, construiu uma carreira profissional; casou (não com a Ana Clara da quermesse, mas com Milena, filha do dono do armazém), teve filhos e netos. De vez em quando, se sentava à beira da Praia da Armação e olhava para o mar, com ares de saudade. Ele sabia que Domingas estava ali, a observá-lo, e isso o confortava.

Em um domingo à noite, quando acabou o "Fantástico" e Milena dormia ruidosamente no sofá, Bernardo se levantou e foi na direção da praia. Seus filhos tinham almoçado lá, na casa que ele tinha comprado para passar a sua velhice, na Armação da Piedade. Foi um dia inteiro de folia, com filhos e netos bagunçando tudo, e ouvindo histórias de tesouros enterrados debaixo das salas das pessoas.

"Uma despedida digna", ele havia pensado, quando todos foram embora. Desde o diagnóstico conclusivo, ele andava um pouco ensimesmado. Não tinha muito o que fazer, e ele escolheu não entrar em tratamento. Que morresse em paz, era assim que queria.

Chegou à beira da praia, tirou as chinelas de couro e entrou na água. Era lua nova, e ele caminhou sem muita dificuldade até a pedra. Quando tentou subir, escorregou e caiu na água.

Braços fortes o ampararam e o colocaram sentado em cima da pedra. Domingas sorriu.

— Eu já te esperava há um tempo. — passou as mãos no rosto de Bernardo, acariciando suas rugas. — Tiveste uma boa vida, meu querido Bernardo.

Ele olhou para as luzes do continente, lá do outro lado.

— Tive sim. Casei-me, tive filhos, e meus filhos tiveram filhos. Mas nunca esqueci você.

Ela o beijou na boca. Bernardo fechou os olhos e se deixou inebriar pelo cheiro da maresia. Era como se ela beijasse seu corpo todo. Cada pedaço de Bernardo ansiava por aquilo, uma paixão de mais de meio século. Mesmo que, para Domingas, aquilo fosse pouco tempo, para Bernardo era uma vida inteira. Ele sentia sair-se do corpo e virar mar.

Os cabelos longos e amarelos o envolviam, os seios se esmagavam contra o seu peito, ele já não sentia mais o peso da idade, do mundo, dos átomos, nada. A língua de Domingas passeou em seu pescoço, e ele mal sentiu quando os dentes se enterraram na pele macilenta.

— Então foi isso... — ele ainda conseguiu dizer, quase em suspiro, e ela colocou os dedos em seus lábios, em sua boca, puxando até que a mandíbula inferior se descolasse da cabeça, servindo também de alimento.

Em poucos minutos, Domingas se sentava na pedra, lambendo o sangue de Bernardo das mãos. Solitária, mais uma vez, começou a murmurar um fado.

Este livro foi composto
em papel avena 80 g/m2
e impresso em abril de 2025